Un été magique

Chloé Varin

Un été magique

Michel LAFON POCHE

La citation d'Henri Bosco au chapitre 10 est extraite
de sa *Lettre à Jean Steinmann* de 1948,
citée dans *Littérature d'hier et aujourd'hui*
de Jean Steinmann (Desclée de Brouwer, 1963).

118, avenue Achille-Peretti – CS 70024
92521 Neuilly-sur-Seine Cedex
www.lire-en-serie.com

« Nous finissons toujours par avoir
le visage de nos vérités. »
ALBERT CAMUS

Prologue
Flavie

Qui sème le vent récolte la tempête.

Ça sonne comme une vieille réplique de grand-mère, une morale qui sent la poussière. Il n'empêche que c'est le principe même de la Loi du Triple Retour. En magie, tout est une question d'énergie. Si elle est mal dirigée, tu en paies le prix. C'est aussi simple que ça. Faut donc pas s'étonner que je goûte à ma propre médecine, surtout après y avoir entraîné Clémentine…

Depuis l'été dernier, tout va de travers. Ma vie est un enfer. J'ai perdu la seule amie qu'il m'ait jamais été donné d'appeler ainsi, mes parents se sont éloignés au point de devenir de purs étrangers l'un pour l'autre, mes résultats scolaires ont chuté (moi, l'intello de service sur qui toute la classe s'appuyait pour tricher !) et je me transforme lentement mais sûrement en une mutante, avec ces poussées d'eczéma qui me défigurent et me font passer pour une erreur de la nature. Vraiment, c'est la joie. Je nage en plein bonheur.

Certains diront que c'est le fruit du hasard. Un simple concours de circonstances. Moi, j'aurais plutôt tendance à croire que je l'ai bien mérité. Parce qu'à force de courir après le trouble, c'est lui qui finit par nous rattraper. Ouais, je l'ai bien cherché. Mais je dois me rendre à l'évidence : impossible de faire demi-tour, aucune chance de revenir en arrière. Le mal est fait, Grégoire Gréco restera marqué à tout jamais. À cause de nous – de moi, en réalité –, son reflet est maintenant celui que lui renverra un miroir déformant.

Je comprends que Clémentine m'en veuille. Mais est-elle aussi blanche que neige dans cette histoire ? Avec un peu de chance, la Loi du Triple Retour l'aura épargnée, mais puisque toutes mes tentatives pour reprendre contact avec elle ont échoué, je commence à craindre le pire. Alors oui, disons qu'on est dans la même galère, elle et moi, jusqu'à preuve du contraire…

1
Clémentine

« Franchement, ma chère, c'est le cadet de mes soucis. »
– Clark Gable, alias Rhett Butler,
dans *Autant en emporte le vent* (1939)

Lyon, France

La villa de mon enfance a été rasée par un incendie au beau milieu de la nuit. De notre résidence secondaire en Provence, il ne reste plus rien ou presque et, pourtant, je souris froidement quand je pense que nos vacances sont à l'eau à cause d'un feu. Belle ironie ! C'est la nervosité, je sais, mais maman n'arrête pas de chialer comme une môme et, du coup, je m'en veux d'avoir de telles pensées.

C'est vrai, quoi. Je n'aurais jamais cru me réjouir un jour à l'idée de passer un été loin de Lourmarin. J'ai toujours attendu la date de notre départ avec un mélange d'impatience et d'excitation. Insoutenable cocktail d'émotions. Je marquais les journées d'une croix sur le calendrier de mon agenda en pestant contre le temps qui s'écoulait trop lentement. Je trépignais d'envie dans l'attente de le revoir, Lui, mon meilleur ami. Mon amour de jeunesse.

Mais, cette année, c'est différent. Je savais que je ne pourrais plus le regarder comme les étés passés. J'avais la certitude que rien ne serait plus jamais comme avant.

Je me suis donc surprise à pousser un soupir de soulagement quand mon père nous a annoncé, aux jumeaux et à moi, qu'il y ira seul cette fois. Il n'y fera qu'une visite éclair, le temps de constater l'ampleur du désastre et de régler la question des assurances. Évidemment, mon frère et ma sœur ont protesté en chœur, comme d'hab, pendant que maman étouffait un sanglot face à l'accusation à peine voilée de papa :

– Je vous aurais bien amenés, croyez-moi. Mais on n'a plus un rond depuis que votre mère se paie le luxe d'être en dépression…

C'était un coup bas. Je suis la première à me plaindre de l'état larvaire de notre mère depuis qu'elle a découvert que mémé souffre d'Alzheimer et qu'elle doit s'en occuper, mais lui faire porter le chapeau de nos vacances avortées, c'était franchement dégueulasse, si vous voulez mon avis.

Sauf que personne ne veut mon avis, pas même mon père. Surtout pas mon père, en fait. Je mettrais ma main au feu (c'est le cas de le dire…) que ça lui convient de partir seul en Provence pour fuir cette ambiance toxique et suffocante qui rend l'air irrespirable à la maison. Plus maman se drape dans ses lamentations, plus les jumeaux souffrent d'un manque d'attention, et plus ils nous rendent la vie misérable. C'est carrément insupportable ! J'en suis presque venue à les comprendre, sans pour autant vouloir justifier leurs comportements. Ils ont toujours été turbulents, ça ne date pas d'hier, mais, à dix ans, j'estime qu'ils ont passé l'âge d'être aussi pénibles.

Je comprends mon père, au fond. Moi aussi, je serais prête à tout pour échapper à cette atmosphère ultra lourde. N'importe quelle excuse est bonne pour me faire sortir de cette maison de dingues, surtout si c'est une fête chez un mec du lycée. Coup de bol : il y en a justement une ce soir, et je n'y aurais jamais été invitée sans Alizée. Je dois une fière chandelle à ma cousine, même si je ne peux m'empêcher de la trouver agaçante avec ses manies.

– C'est bon, t'as fini ?! On ne va tout de même pas y passer la nuit !

Je suis surprise par la portée de ma voix. J'ai involontairement haussé le ton, mais ma cousine ne se laisse pas impressionner par mon exaspération. Alizée continue d'appliquer son rouge à lèvres ridicule d'un geste nonchalant.

Je soupire. Elle râle.

– Du calme ! Y a que les nazes et les pauvres filles qui arrivent si tôt. Ça fait désespéré.

Ce qu'elle m'énerve ! Si je ne ressentais pas cet irrépressible besoin de sortir de la maison, je regretterais amèrement d'avoir accepté de l'accompagner à cette soirée chez Didier Courvillon… Pour une fois qu'on m'invite à une teuf de terminale, j'aurais préféré arriver avant qu'ils soient tous trop bourrés pour remarquer ma présence.

– Ouais, eh bien, si tout le monde pense comme toi, elle ne pourra jamais commencer, la soirée !

Ma logique implacable lui arrache un sourire. C'est déjà ça de gagné. En cinq minutes top chrono, elle est enfin prête à partir. Tandis qu'on se rue vers la sortie en gloussant comme deux dindes en cavale, ma mère ébauche un geste de la main pour nous saluer, visiblement soulagée de se débarrasser de moi pour quelques heures. Moi qui craignais qu'elle refuse de me laisser y aller, je suis restée bouche bée qu'elle accepte à la simple évocation d'Alizée. Sachant que je serais accompagnée de ma « grande » cousine (qui est en réalité plus petite que moi, bien qu'elle soit plus âgée de deux ans), elle m'a aussitôt donné sa bénédiction. Mais qu'on ne se leurre pas ! Elle veut sans doute continuer à siphonner sa bouteille de blanc en toute tranquillité. Ça m'est égal. D'ici peu, je serai plus bourrée qu'elle. Et sans doute moins malheureuse.

Dehors, je croise les jumeaux, occupés à manigancer avec la petite racaille du quartier. Je les entends planifier l'enlèvement du chat de la voisine et c'est plus fort que moi, je reviens sur mes pas pour leur foutre une paire de baffes en guise d'au revoir.

– HÉ ! s'indignent-ils à l'unisson (pour changer).

Ces graines de criminels ne m'inspirent aucune pitié. J'attrape Zoé et Théo par le collet en me composant un air menaçant, à quelques centimètres de leur visage de petites pestes.

– Non, mais ça va pas la tête ?! Vous avez un petit pois à la place du cerveau ou quoi ?

– On n'a rien fait !

– Si vous touchez à un poil de ce chat, vous aurez affaire à moi ! C'est compris ?

Les moucherons qui leur servent d'amis s'efforcent de ricaner pour ne pas perdre la face, mais je vois bien qu'ils n'en mènent pas large, alors je décide de leur lâcher la grappe. Ils ne perdent rien pour attendre, ceux-là.

On file prendre le tram qui, par chance, arrive en même temps que nous… Enfin, presque. On est quand même obligées de courir pour l'attraper. Tandis qu'Alizée parvient aisément à grimper dans un des wagons, à peine essoufflée, moi, à la traîne, je perds pied. Je savais bien que je regretterais d'avoir accepté de porter ces foutus talons ! Plus que quelques mètres avant d'atteindre l'arrêt. Par crainte de le manquer et de devoir attendre seule, je redouble de vitesse. Mes poumons sont sur le point de s'embraser. Ils ont rarement été autant sollicités.

Un SDF se dresse sur mon passage, mais je n'ai pas le temps de l'éviter complètement. Mon épaule heurte son bras, me faisant tanguer sur le côté et pousser un cri de douleur. Je masse mon membre endolori en faisant mine de l'ignorer, mais à peine ai-je relevé la tête que l'homme plante ses yeux dans les miens. Son regard est vide, sans vie, dépourvu de toute forme d'empathie. Une balafre monstrueuse lui barre le visage, de la paupière à la mâchoire. Je réprime un frisson en grimpant à mon tour dans le wagon. Cette cicatrice immonde… cette absence d'expression… cette scène fait surgir en moi un souvenir qu'il vaudrait mieux refouler.

Je tente de chasser les images de l'été dernier, mais elles s'imposent à mon esprit. Dans ma tête, le brouillard se dissipe. À travers la fenêtre du wagon, le visage du clodo se confond avec celui du garçon que j'ai aimé très longtemps. Trop longtemps. Celui que j'ai, depuis, tenté d'oublier. En vain. Comme tous les sombres souvenirs de l'été dernier.

Je ne connais qu'une personne susceptible de partager mon trouble et, peut-être, de l'apaiser. Flavie Dupré. Mais, en cet instant précis, je ne peux compter que sur la présence de ma fantasque cousine, que je rejoins à contrecœur.

– T'as une tête à faire peur. T'as vu un revenant ? me demande-t-elle quand je m'arrête à sa hauteur.

Si elle savait.

2
Flavie

Poissons – votre horoscope du 28 juin :
Quelque chose vous tracasse et perturbe votre sommeil. N'hésitez pas à aller au fond des choses pour satisfaire votre curiosité et y voir plus clair.

Montréal, Québec

Des éclairs percent la nuit. Déchirent le ciel. C'est beau et terrifiant à la fois, mais terrifiant surtout, car je n'ai nulle part où me réfugier. Nul moyen de me protéger de la foudre qui s'abattra inévitablement sur moi. Je sens la froideur du métal sous mes paumes, sa dureté sous mon crâne, mon dos et mes fesses. Je suis prise au piège. Attachée par des sangles à une table qui n'a rien de confortable. J'ai beau gigoter, me débattre, les liens sont trop serrés. Je ne fais que me blesser davantage aux poignets. J'entends le chant des cigales, apaisant, hypnotisant même, mais bientôt couvert par une rumeur, un murmure assourdissant qui s'élève d'entre les arbres. Des hommes et des femmes sans visage s'approchent et m'encerclent. Leur attitude est menaçante même si je ne distingue pas l'expression de leurs visages. Je sais qu'ils ne sont pas venus me libérer. Au contraire. Ils sont là pour assister à mon châtiment. La foudre. L'un d'eux brandit le fragment d'un miroir, pointu, inquiétant. Je suis morte de peur, mais je ne peux que subir. Attendre que mon supplice s'achève. Heureusement – ou malheureusement ? – ce moment ne tarde pas à venir. Le ciel s'illumine à nouveau et m'aveugle. Je sens une décharge me secouer de la tête aux pieds, me transpercer le corps de bord en bord. Je hurle de douleur, mais, loin de m'apaiser, ce cri décuple ma souffrance. Elle s'intensifie, atroce, insoutenable. L'homme sans visage, le morceau de miroir à la main, se penche sur moi et me force à regarder mon reflet. Celui d'une fille terrifiée, la joue striée d'une plaie monstrueuse. J'ai du mal à me reconnaître. Normal : je suis défigurée.

Je me réveille en sursaut, en sueur, paniquée. J'ai retrouvé mon lit, notre appartement montréalais à des milliers de kilomètres de la campagne provençale de mon rêve. Je dis « rêve », mais « cauchemar » serait plus approprié pour qualifier l'horreur dans laquelle le sommeil m'a plongée, encore une fois. Je ne m'habitue pas à ce cauchemar récurrent, j'en sors toujours aussi troublée, aussi confuse.

Le réveil indique 3 h 26. J'ai la gorge sèche et la bouche pâteuse. Vite, un verre d'eau !

Me défaire de mes draps n'est pas une mince affaire, je suis emmaillotée serré, tant j'ai remué et transpiré dans mon sommeil. Je me sens comme une chenille dans sa chrysalide, sauf que, moi, ce n'est pas sous la forme d'un superbe papillon que j'en sortirai. Non. J'en sortirai aussi moche qu'hier, sinon plus. J'enlaidis tous les jours depuis l'été dernier, celui de mes quatorze ans. Ça a commencé avec des petits boutons et des minuscules plaques rougeâtres. Je me suis d'abord dit : « De l'acné à mon âge, c'est normal », puis la moitié de mon visage s'est transformé en une espèce de pizza au pepperoni et j'ai changé d'avis. J'aimerais croire que c'est juste l'adolescence et que ça passera, mais c'est loin d'être aussi simple que ça.

Je me passe la main sur le visage et la retire aussitôt au contact de la peau raboteuse sous mes doigts. Ça gratte, ça pique. J'ai beau savoir que mon miroir est sans pitié, je me dirige vers lui par réflexe. Le reflet qu'il me renvoie me donne raison, mon état ne s'est pas amélioré. Le côté gauche de mon visage est couvert de rougeurs, de plaques disgracieuses sur la joue, la tempe, la paupière, la commissure des lèvres… Au début, j'arrivais très bien à les camoufler sous le vieux fond de teint dispendieux de maman, mais j'ai réalisé que le maquillage ne faisait qu'empirer mon cas. Paraît qu'ils sont bourrés de produits chimiques, les cosmétiques. Des semaines que ça dure et rien n'y fait, ni les trucs de grands-mères, ni les conseils beauté-santé des magazines et des forums de discussions en ligne, ni l'onguent hors de prix prescrit par mon médecin. Mon eczéma est un combattant, et il m'a déclaré la guerre. Il a clairement gagné la bataille contre ma face : je suis affreuse. Le pire, dans tout ça, c'est qu'une partie de moi me croit responsable de ce qui m'arrive. Coupable d'avoir souhaité un sort semblable à quelqu'un qui ne le méritait pas. *Personne ne mérite ça. T'es pas une sorcière, la magie noire, c'est pas pour toi…* Me rendant compte que je grimace, je détourne mon regard, dégoûtée.

Vite un verre d'eau, sinon je vomis.

Un rayon de lumière en provenance du bureau de mon père m'accueille dans le couloir. Ça ne m'étonne même pas que Jean-Benoît travaille encore à cette heure. Un simple arrêt devant la porte entrouverte me le confirme : le bourreau de travail est bien là, fidèle au poste.

Il a l'air exténué, au bout du rouleau. Je n'ai jamais compris le sens de cette expression, mais c'est elle qui me vient en tête au moment où je m'interpose entre son manuscrit et lui.

– Papa ! Qu'est-ce que tu fais debout à cette heure ?!

– Je te ferai remarquer que je suis assis, pas debout.

– Ah ! Tu sais ce que je veux dire. Allez, va dormir ! Ton lit t'attend.

– Ouais, ouais, j'y allais… J'en ai pour cinq minutes. Retourne te coucher…

– Tu penses vraiment que je vais avaler ça ?

Pour le chasser de la pièce qu'il squatte depuis des semaines, j'ouvre la fenêtre d'un coup sec, puis je fais de l'air en battant les bras et en poussant des soupirs de vieille matrone. Je me trouve drôle, surtout à une heure pareille et après un rêve aussi perturbant. Mais il faut ce qu'il faut : l'air est vicié, ça sent le renfermé et la sueur d'auteur. Mon père dit toujours qu'il écrit ses romans à la sueur de son front. Quand on entre dans son bureau après une séance d'écriture intensive, on le croit. Jean-Benoît ne me trouve pas drôle, lui, mais il finit par capituler devant mes regards insistants. J'ai brisé sa bulle de création, de toute façon. Pendant qu'il décolle de son siège et quitte son sanctuaire (ou campement de fortune) à regret, je file à la cuisine me servir un verre d'eau, puis retourne dans ma chambre avec l'intention de faire semblant de me rendormir. Je n'ai plus sommeil. J'ai un bien meilleur plan pour achever cette nuit, écourtée par ce rêve troublant. J'entends mon père faire couler l'eau dans la salle de bain, se laver le visage et se brosser les dents. C'est bon signe.

Bientôt, la voie sera libre. Papa s'assoupit enfin après quatorze heures consécutives de rédaction acharnée. Il était temps ! Sa peau menaçait de fusionner avec le cuir de sa chaise d'ordinateur s'il y restait une heure de plus. Ses fesses y ont laissé une trace permanente et quasi indécente. Cette chaise vaudra cher sur eBay d'ici quelques années, quand il aura gagné en popularité, je note mentalement.

L'avantage d'avoir un père écrivain, c'est qu'il est toujours à la maison. Le désavantage d'avoir un père écrivain, c'est qu'il est toujours à la maison. Du bon et du mauvais comme dans toute chose, mais ces jours-ci j'ai tendance à ne voir que le mauvais. Alors, je peux bien m'imaginer faire fortune avec ses articles de bureau, si ça me console. Et je peux tout aussi bien exercer mon droit de premier regard sur le récit en chantier, malgré l'interdiction formelle du paternel… Il a été très clair sur ce point : personne ne lira son nouveau roman avant qu'il n'écrive le mot « fin ». Ça ne lui ressemble pas de jouer les mystérieux. J'ai toujours eu droit à des infos privilégiées, mais pas la moindre bribe ni le moindre indice n'ont filtré ce coup-ci, alors j'enquête comme je peux. C'est contre mes principes d'espionner, mais cette nuit je m'en fous, j'ai décidé qu'il m'avait assez fait languir.

L'ermite ne dort jamais bien longtemps, je n'ai pas une seconde à perdre. Je rallume l'ordi, encore chaud d'avoir trop servi. Le pauvre engin aurait grandement besoin de vacances, sauf que ce jour n'est pas près d'arriver, puisqu'il est tombé entre les mains d'un indécrottable *workaholic*. Fidèle à son habitude, Jean-Benoît est en retard pour la remise de son manuscrit. Conséquence : ces jours-ci, il ressemble à un étudiant en période d'examens. Il ne se lave plus. Ne se rase plus. Passe ses journées en pantalon de jogging informe et en vieux tee-shirt d'une université qu'il n'a même pas fréquentée, rivé à son ordinateur, les yeux injectés de sang, carburant au café du matin au soir. Si je ne lui apportais pas de la nourriture et de l'eau fraîche une fois de temps en temps, on le retrouverait fort probablement mort déshydraté.

Bon. J'ai une certaine tendance à l'exagération, c'est un de mes nombreux défauts, mais je le pense quand même : une chance que je suis là, moi. Parce qu'on ne peut plus compter sur ma mère depuis qu'elle est allée « respirer par le nez » dans un ashram en Inde pour une durée indéterminée. Elle disait que c'était pour notre bien à tous, mais je ne vois pas ce qu'il y a de *bien* dans le fait de négliger sa famille au profit de la méditation. Que je sache, on ne l'a jamais empêchée de respirer, c'est plutôt elle qui nous étouffait avec son amour qui voulait tout contrôler. Mais, à choisir entre l'amour militaire et rien du tout, j'opte sans hésiter pour la présence totalitaire. Sauf que ce n'est pas vraiment comme si j'avais le choix…

Je ne savais même pas ce qu'était un ashram avant qu'elle nous crache ses projets comme un chat sa boule de poils. C'était autour du dernier repas qu'on a partagé ensemble, à notre restaurant indien préféré (ou devrais-je dire : notre ANCIEN resto préféré, car il n'est pas question que j'y remette les pieds). Maman disait qu'elle devait absolument se reconnecter à la réalité parce qu'on commençait à déteindre sur elle, mon illuminé de père et moi. C'est du moins ce qu'elle a essayé de nous faire avaler, mais elle n'arrêtait pas d'utiliser le mot « déconnecté » pour nous désigner et ça m'a franchement énervée.

On n'est pas des comptes Facebook, merde ! On ne peut pas se déconnecter et se reconnecter comme ça en cliquant sur un simple bouton. Ça ne veut rien dire, ce genre de niaiseries. Elle l'a sûrement compris, parce que quand on est rentrés à la maison, elle s'est mise à faire ses valises en silence, les mâchoires tellement crispées que je pouvais voir les muscles de son visage tressauter comme des acrobates en plein échauffement.

Depuis, on ne s'est pas reparlé. Ça fera bientôt

trois mois. Elle a bien tenté d'entrer en contact avec moi, mais je n'ai rien voulu savoir. Alors elle s'entête à nous envoyer des lettres qui viennent s'empiler et prendre la poussière sur le petit meuble du vestibule. Je ne les ai pas lues. À ma connaissance, papa ne les a pas ouvertes non plus, mais je n'ai pas vérifié. À quoi bon ? En voulant s'exiler, même temporairement, elle s'est éjectée de nos vies. Je l'ai donc bannie de mes pensées, moi aussi. Au début, papa cherchait à prendre sa défense, mais je me fermais comme une huître chaque fois qu'il prononçait son nom. Il a cessé de la protéger, puis d'en parler, et maman est devenue tabou entre nous.

En son absence, j'ai l'*immense privilège* de m'occuper de notre appartement et de la vie domestique. C'est le mot juste, « domestique », parce qu'en ce moment, mon père est relégué au rôle d'animal de compagnie : une présence rassurante. Un petit être vulnérable dont il faut prendre soin.

En temps normal, le grand romancier fait sa part des corvées ménagères et, pour être franche, je dois dire qu'il cuisine plutôt bien quand il s'y met. Côté ménage, il peut même se montrer très efficace, voire coriace. Mais lorsqu'il entre en mode « remise de manuscrit » – catégorie marathon d'écriture ou sprint final –, tout ça, c'est terminé. Il perd toute forme d'autonomie, sauf cérébrale. Et encore…

sa matière grise est à usage unique, tout entière dévouée au pianotage de ses doigts sur le clavier.

Ces jours-ci, Jean-Benoît est tellement distrait qu'il a :

- tenté d'utiliser sa calculatrice plutôt que son cellulaire pour téléphoner à son éditeur ;
- employé le prénom de ma mère à trois reprises pour m'appeler sans relever mes regards meurtriers et mes soupirs contrariés ;
- confondu les croquettes du chat avec ses céréales de semoule de maïs biologique à grains entiers et s'en est servi un grand bol avec du lait ;
- uriné dans la plante à côté de son bureau durant une séance d'écriture nocturne, sous prétexte qu'il était à moitié somnambule. (En vérité, je le soupçonne de l'avoir fait volontairement pour éviter de perdre un temps précieux à se rendre à la toilette, au bout du couloir. C'est dégoûtant, je sais, mais il m'a promis de ne plus le refaire, et j'ai choisi de le croire).

Cela dit, paraît qu'il n'y a que les fous qui ne changent pas d'idées. Eh bien, mon père est l'exception qui confirme la règle : il est fou ET il change constamment d'idées !

Le célèbre auteur de romans fantastiques n'est pas très fiable et, pourtant, c'est ce que j'aime chez lui : son côté insaisissable. Pas surprenant qu'il soit aussi extravagant, Jean-Benoît est Verseau ascendant Balance, le plus indépendant et singulier des signes aériens. Verseau est gouverné par la planète Uranus, ce qui fait de papa un Uranien pur et dur ; un avant-gardiste à la fois adulé et incompris… Mais je m'arrête là, car les gens ont tendance à se moquer quand je leur parle d'astrologie. Et encore plus quand je leur parle de magie. Ils ne sont pas prêts à admettre l'existence d'un monde parallèle – celui de l'invisible et de l'immatériel –, alors je garde généralement ce genre de considérations pour moi. Ça m'évite de passer pour une fêlée juste bonne à enfermer. Il n'empêche que j'ai toujours été fascinée par les sciences occultes. Je tiens ça de mon géniteur et, pour une raison que j'ai du mal à comprendre, ça dérange à peu près tout le monde, à commencer par maman. Les gens sont tellement fermés d'esprit ! Je me suis juré de ne plus jamais retoucher à la magie pour m'éviter de nouveaux ennuis, après nos vacances familiales en Provence et ma rencontre avec Clémentine et…

Un bruit me tire de ma rêverie. Se pourrait-il que papa soit réveillé ? Je retiens ma respiration, à l'affût d'un mouvement suspect, mais l'appartement est redevenu silencieux. Pourtant, quelque chose dans l'atmosphère a changé. Je me sens observée. Deux billes jaunes apparaissent sur le pas de la porte, se rapprochent de moi à pas feutrés. Salem. D'un bond agile, mon chaton tout noir saute sur mes cuisses et vient se lover contre moi. J'y pense, une sorcière et son chat noir nommé Salem : sacré « lieu commun » ! (Pour paraphraser les critiques littéraires qui se font un malin plaisir de démolir les œuvres de mon père depuis qu'il connaît un certain succès.) Dans un roman, ça ne passerait pas, ça ferait trop convenu, mais ce n'est pas moi qui l'ai choisi, c'est lui. Il a abouti sur mon perron un samedi matin de novembre, squelettique et frigorifié. Je n'ai pu m'empêcher à le faire entrer. Puisque je lisais le roman *Salem* de Stephen King ce jour-là, le nom du chaton s'est imposé naturellement, et sa présence dans ma vie aussi. Il n'en est plus ressorti depuis.

Le petit moteur qui ronronne sur mes genoux me confirme qu'il s'agissait d'une fausse alerte. Je m'empresse de mettre mon plan à exécution avant qu'il ne soit trop tard. Après une brève et infructueuse recherche dans le dossier « Romans », je finis par trouver ce que je cherche sous l'onglet « Projets secrets ». Tiens, tiens, voilà qui est intéressant. Mon cœur se met à battre la chamade tandis que j'ouvre le document de travail de mon père. Je me sens comme un agent secret en mission. L'adrénaline afflue dans mes veines pour me rappeler que je m'apprête à franchir les limites de l'interdit. J'ai les sens en ébullition tant je suis impatiente de découvrir ce manuscrit en chantier, ce récit qui a pris mon père en otage.

Si le titre m'étonne : *Lourmarin sans lendemain*, la première phrase, elle, me prend carrément au dépourvu. « Qui sème le vent récolte la tempête. » J'ai comme une sérieuse impression de déjà-vu. Je parcours en vitesse le premier paragraphe, puis c'est tout le chapitre 1 qui y passe. Je suis soufflée. Par son style, mais ça, c'est comme d'habitude. Non, on pourrait croire que Jean-Benoît s'est infiltré dans ma tête, dans mes pensées. Il avait vaguement laissé entendre que son roman portait sur une secte satanique ayant sévi au siècle dernier, mais j'ai plutôt la sensation qu'il y relate dans le détail mes mésaventures de l'été passé. D'après ces premières pages, il est question d'un jeune homme défiguré à la suite d'un terrible accident. Les habitants du village semblent penser qu'un cataclysme naturel est à l'origine du drame, tandis que le garçon croit dur comme fer à un phénomène *sur*-naturel. Un rituel de vengeance, pour être plus précis. On n'est pas très loin de la vérité, mais je suis prête à parier que ma réalité dépasse la fiction de mon père… Mais comment diable peut-il être au courant ? Il a bien sûr entendu parler de l'événement. Comme tout le monde à Lourmarin l'été dernier, il ne pouvait pas le manquer : ça avait fait la une de la presse locale pendant plusieurs jours lorsque nous y séjournions. Un tel événement avait de quoi marquer les esprits, en particulier dans un si petit patelin. Il reste que je ne lui ai jamais rien dit de notre lien avec Grégoire Gréco, encore moins de notre implication dans cette histoire, préférant garder ces incartades peu glorieuses sous silence, de peur d'être jugée. Comment réagirait mon père s'il savait que j'ai souhaité du mal à quelqu'un et volontairement attenté à son intégrité ? Pire : et s'il le savait déjà ?

Il n'y a pas de hasard dans la vie. La coïncidence est trop frappante. Papa aurait-il eu accès à mes courriels ? Il n'oserait tout de même pas puiser l'inspiration de son roman dans ma messagerie privée ? Non. Oui ? Je ne sais plus. D'ailleurs, ne suis-je pas moi-même en train de trahir sa confiance en cet instant précis ? Pour en avoir le cœur net, j'interromps ma lecture et entreprends de remonter le fil de ma correspondance à sens unique avec la seule personne qui – en théorie – partage mon terrible secret. Je tombe sur le tout premier message que j'ai envoyé à Clémentine, quand je n'en pouvais plus de ce silence entre nous. Il y a presque trois mois déjà, et il est resté lettre morte.

De : Flavie Dupré (hop.flavie@hotmail.com)
Envoyé : 3 avril 14:12:22
À : Clémentine Joubert (clem_kisskiss@gmail.com)
Objet : Salut du Québec

Allô la Française,
Je viens de réaliser que je n'ai pas reçu de tes nouvelles depuis longtemps… Depuis l'été à Lourmarin, en fait !

Tout va bien de ton côté ? Ce serait vraiment cool que tu m'écrives pour me donner signe de vie. Je m'inquiète un peu, tu sais. Ça ne va pas super bien de mon bord de l'océan et je me demandais si ça avait quelque chose à voir avec ce qu'on a fait là-bas… Je veux dire, c'est sûrement n'importe quoi, mais j'ai l'impression que je suis en train de payer pour mes mauvaises actions. Je viens de lire quelque chose à propos de la Loi du Triple Retour et c'est assez troublant. Si tu veux, je t'enverrai le lien, mais je veux pas te faire freaker avec ça, c'est peut-être juste mon imagination qui me joue des tours, comme toujours. S'il te plaît, rassure-moi. Tout est correct pour toi ?
Flavie, qui s'inquiète
xx

P.-S. : As-tu des nouvelles de Grégoire ?

J'ouvre un autre message, qui date du mois dernier.

De : Flavie Dupré (hop.flavie@hotmail.com)
Envoyé : 16 mai 9:32:47
À : Clémentine Joubert (clem_kisskiss@gmail.com)
Objet : Encore moi

Coucou,
J'espère que tu vas bien ! mieux que moi, en tout cas. Sache que je n'attends pas vraiment une réponse de ta

part. J'imagine que tu ne m'as pas encore pardonnée, sinon tu aurais déjà répondu à mes autres courriels. Tu dois commencer à me trouver fatigante de m'entêter à t'écrire quand même ! Mais c'est plus fort que moi. Je m'ennuie de toi, de notre amitié, de la complicité d'avant « l'incident »… Je m'en veux tellement de t'avoir entraînée là-dedans, tu sais ?

Je n'ai jamais eu le tour avec les gens, tu sais, je finis toujours par décevoir… Je suis une solitaire, une déconnectée du reste du monde, comme dirait ma mère. J'aimerais dire que c'est par choix, mais toi et moi, on sait que ce n'est pas le cas. Je comprends que tu n'aies pas voulu rester en contact avec moi, mais je voulais te remercier de m'avoir endurée à Lourmarin. Tu en as fait plus pour moi en deux mois que bien des gens durant toute ma vie. Et moi, j'ai tout gâché comme une grande championne ! Mais pour ton information : j'ai tout arrêté depuis ce « fameux » soir. On dirait que je ne sais jamais quels mots employer pour y faire référence… Enfin, tu sais de quoi je parle. Ce n'était pas l'idée du siècle, je le reconnais, mais bon, j'imagine que ma culpabilité ne changera strictement rien au fait que tu ne veuilles plus entendre parler de moi. Si tu changes d'avis, tu sais où me trouver…

Amicalement,

Caribou-Coupable

xx

Wow ! Je m'étais levée du mauvais pied ou j'avais carrément le moral dans les talons cette journée-là. Allô, estime de soi ! Appelez-moi Carpette. J'espère que j'ai fait preuve d'un peu plus de dignité dans mon courriel suivant.

De : Flavie Dupré (hop.flavie@hotmail.com)
Envoyé : 11 juin 13:26:19
À : Clémentine Joubert (clem_kisskiss@gmail.com)
Objet : Dernières nouvelles du Caribou

Chère Clémentine,
Ceci est le dernier message que tu recevras de moi. Après, je te laisserai vivre ta vie et oublier la maudite Québécoise par qui tous les malheurs sont arrivés ! Je blague, mais qu'à moitié… Libre à toi de t'imaginer qu'on ne s'est jamais rencontrées, que l'été dernier n'a jamais existé. De mon côté, je resterai muette comme la tombe où j'emporterai notre secret quand mon heure sera venue. Motus et bouche cousue.
Désolée pour tout…
Prends bien soin de toi.
Flavie xx

Non, décidément, mes messages ne dévoilent rien. Ou presque : je parle de la Loi du Triple Retour. Mais je reste super vague à propos de Grégoire, Greg, Greg-le-tombeur, et l'accident dont il a été victime. Même si mon père est très fort pour lire entre les lignes, impossible pour lui d'en déduire quoi que ce soit. Alors, comment – comment ??? – aurait-il pu connaître cette histoire, NOTRE histoire, si personne ne la lui a racontée et qu'il n'a pu la lire nulle part ? À cette heure de la nuit (du matin ?), les seules hypothèses relativement plausibles à me venir en tête sont :

- mon père a des visions ;
- c'est un foutu sorcier doublé d'un mentaliste qui peut lire dans les pensées ;
- je parle dans mon sommeil et suis beaucoup trop bavarde !!!

Je ferais mieux d'aller me coucher, je pense. Ne dit-on pas que la nuit porte conseil ? Espérons que j'y verrai plus clair à mon réveil.

3
Clémentine

« J'ai toujours eu foi en la bonté des inconnus. »
– Vivien Leigh, alias Blanche,
dans *Un tramway nommé Désir* (1951)

Lyon, France

En grimpant dans le tram éclairé par les néons bleutés qui s'allument le soir venu, je remarque trois mecs qui nous matent, au fond. Connaissant les tendances séductrices de ma cousine, je la retiens par la courroie de son sac à main, une mauvaise contrefaçon Vuitton (Alizée a des goûts plutôt discutables). Je m'assois en la tirant vers moi pour qu'elle en fasse autant, elle finit par céder en râlant :

– Pourquoi on ne va pas s'asseoir plus loin ?

– Parce que c'est très bien, ici, tu ne trouves pas ?

– Hmmmm, peut-être, mais on serait mieux plus loin.

Alizée jette des regards furtifs en direction des mecs. Dur de leur donner un âge, mais ils ont bien plus que nous. Ils ont de sales gueules, en tout cas. Je ne sais pas ce qu'elle leur trouve, mais je sais que, de nous deux, c'est moi qui ai raison. Preuve que je n'ai pas hérité de la plus responsable des chaperons. Je l'aime bien, Alizée, mais je ne comprends pas que mes parents lui accordent une telle confiance. Il n'y a pas plus douée qu'elle pour se mettre dans le pétrin. Je ne compte même plus les fois où je lui ai évité la catastrophe assurée… Mais ça ne fait pas d'elle une mauvaise personne. Juste une mauvaise influence. La preuve ? La voici à présent qui tente le diable en battant des cils et en agitant la main comme une idiote vers ces mecs, alors qu'ils nous détaillent comme si nous étions des pièces de filet mignon.

– À quoi tu joues ?!

– Ben quoi ! Une fille peut bien s'amuser.

– Et moi qui te croyais « GRAVE *in love* » de Nathan…

– Bien sûr que je craque pour lui, c'est l'amour de ma vie.

– Alors, pourquoi tu fais de l'œil aux trois tarés, là-bas ?

– C'est évident, non ? Si j'arrive accompagnée,

Nathan va en baver de jalousie et il sera forcé de m'avouer qu'il en pince pour moi aussi.

– C'est n'importe quoi. Moi, je pense plutôt qu'il va abandonner la partie.

– Qu'est-ce que tu connais à l'amour, toi ?

Elle n'a pas complètement tort sur ce point, je le concède. Mon premier (et dernier) petit ami remonte au CE1. Mais ce n'est pas une raison pour me parler sur ce ton dégoulinant de mépris. *Si tu savais ce que je pense, ma pauvre cousine !* Heureusement, on est presque arrivées. Ce serait vraiment trop con de perdre mon laissez-passer si près du but. On est sur le point de descendre quand l'un des trois mecs se lève pour nous rejoindre, avec l'air confiant du fauve qui toise sa proie tout en sachant qu'elle ne pourra pas lui échapper. J'ai un mauvais pressentiment et, pourtant, je sens Alizée défaillir d'excitation tandis qu'elle me souffle :

– Tu crois qu'il vient vers nous ?

Ça paraît évident, mais je ne prends pas la peine de répondre, trop occupée à surveiller le trajet du tram. Il ne manquerait plus qu'on loupe notre arrêt. L'homme d'une vingtaine d'années s'arrête à notre hauteur. J'essaie sans y croire de tirer Alizée par la courroie de son affreux sac à main.

– Hé, mesd'moiselles ! On se taille déjà ? demande le mec d'une voix de baryton.

– Ouais. On est attendues à une teuf. Vous voulez venir, tes potes et toi ? demande Alizée, sans aucune hésitation.

Non, mais quelle allumeuse, celle-là ! Il y a quelques heures à peine, elle n'était même pas invitée. Il faut qu'elle soit sacrément gonflée pour demander au premier venu de nous accompagner ! Je ne laisse pas au garçon le temps d'accepter ou de refuser l'invitation. J'entraîne Alizée à l'extérieur du wagon et commence à marcher d'un bon pas tout en regardant par-dessus mon épaule pour m'assurer qu'il ne nous suit pas. C'est bon, le champ est libre. Mais je ne suis pas totalement rassurée pour autant. Pas moyen de sortir tranquille ! Les humains sont de vrais rapaces. Ne reste qu'à espérer que les mecs présents à la teuf sauront mieux se comporter…

On repère assez vite l'adresse de Didier. Facile : du bout de la rue, on voit l'embrasure des fenêtres grandes ouvertes briller comme autant de phares en pleine tempête et on entend déjà les rires et les éclats de voix des fêtards. Plus on s'en approche, moins j'ai envie d'aller à cette soirée. Je me sens soudain ridicule, accompagnée de ma grande-petite cousine et de son horrible sac. Je voudrais rebrousser chemin, mais il est hors de question que je rentre à la maison. Pour une fois que j'ai un bon motif d'en sortir, autant en profiter. J'inspire profondément en faisant les derniers pas qui me séparent de la maison du très populaire et séduisant Misteur Courvillon.

On entre sans sonner. À quoi bon s'annoncer ? Le bruit de la sonnette est couvert par la musique et les voix. L'air est saturé d'humidité et vicié par la fumée de cigarette. Le logement est bondé et l'éclairage, feutré. Heureusement, je n'ai pas peur des espaces réduits et des lieux publics, sinon j'aurais l'impression d'étouffer. Cet endroit est le cauchemar par excellence de tout claustrophobe, agoraphobe ou quiconque souffre de troubles anxieux. Je tiens le coup. C'est le prix à payer pour assister à la fête du mec le plus populaire du lycée. Nous tâchons de nous frayer un passage parmi la cohue. Je reconnais plusieurs visages, mais personne avec qui je me sente suffisamment à l'aise pour échanger plus de trois mots. J'aperçois bientôt un beau ténébreux qui ne m'est pas inconnu. Le voilà qui vient à notre rencontre, dans notre direction du moins. J'ai l'impression que c'est moi qu'il regarde, mais ça pourrait tout aussi bien être n'importe qui d'autre.

– Hé, Alizée !

Le doute n'est plus permis : c'est bien nous qu'il visait. Trop beau pour être vrai !

– Oh, salut, Nathan…

– Content que tu sois venue.

Ma cousine déglutit péniblement, abasourdie, avant de feindre, assez mal, le plus grand détachement :

– J'avais déjà prévu un truc ce soir, mais ç'a été annulé, alors je me suis dit que j'allais passer.

C'est n'importe quoi ! Il ne va pas vraiment croire ça ? Peut-être bien que si, tout compte fait. Il acquiesce en nous dévisageant, tout sourire. Je fais de les gros yeux à ma cousine, mais elle est trop occupée à minauder pour prêter attention au message muet que je lui lance : « Qu'est-ce que t'attends pour me présenter ? » Comme elle continue de m'ignorer, je finis par prendre les devants :

– Salut ! Je m'appelle Clémentine.

– Enchanté, Clémentine. Moi, c'est Nathan.

– Oh ! Oui, je sais.

Je n'aime pas du tout la lueur que je vois passer dans le regard de ma cousine à cet instant. Tout compte fait, mon allusion manquait peut-être de subtilité. Bousculés par le mouvement, on progresse tant bien que mal vers le couloir, dans l'espoir d'accéder à une pièce moins surchargée que ce vestibule où s'entassent les fêtards comme des sardines shootées à l'adrénaline. Où que mon regard se pose, des visages familiers se confondent avec ceux de purs inconnus. Le moindre recoin de la maison est occupé. Mon cœur bat la chamade au rythme de la musique électro, qui résonne jusque dans ma poitrine. Les notes endiablées s'insinuent à travers chaque pore de ma peau, elles m'habitent, envahissent mon corps contre mon gré. Je me sens agressée, mais je continue d'avancer en espérant atteindre un endroit moins enfumé, et surtout moins bruyant.

J'ai l'impression que Nathan nous fait signe de le suivre vers ce que je devine être la cuisine, sans toutefois en avoir la certitude. Je crois l'avoir entendu crier quelque chose à propos d'un mini-bar, alors je le laisse m'entraîner, ma cousine sur les talons.

Mais quand je me retourne après quelques mètres pour m'assurer que mon accompagnatrice est toujours derrière moi, plus aucune trace d'Alizée. Elle a disparu pendant que j'avais le dos tourné. Je balaie la pièce du regard, scrute la foule à sa recherche, mais je ne la reconnais pas parmi les têtes folles qui dodelinent comme des *bobbleheads*, ces figurines qui hochent la tête, autour de moi. Je m'enfonce encore parmi les gens malgré tout, me disant qu'elle finira bien par me rattraper. C'est alors que je réalise que j'ai aussi perdu Nathan de vue. La soirée vient de prendre une tournure peu réjouissante, étant donné que c'est uniquement pour lui qu'Alizée est ici. C'est le moment que choisit un type au physique très quelconque pour m'offrir un verre. Bien maigre consolation. Je refuse, mais il insiste et je finis par prendre le gobelet de carton par dépit, juste pour avoir la paix. Je l'avale d'un trait, puis prétexte une soudaine envie d'aller aux toilettes afin de m'éclipser sans trop le vexer. Mon stratagème semble fonctionner, puisqu'il m'indique le chemin des toilettes, d'un air las. Sans doute ne suis-je pas la première à lui faire le coup. Pendant un temps qui me paraît durer une éternité, j'erre en solitaire, prise de vertiges. La solitude se fait d'autant plus pesante que le lieu est bondé. Je me sens encore plus ridicule qu'à mon arrivée, si c'est possible. Je commence franchement à regretter d'avoir mis les pieds ici. C'est alors que je les vois. Alizée et Nathan, enlacés. Il fait trop sombre pour les distinguer précisément, mais la proximité de leurs deux silhouettes ne laisse aucun doute sur la nature de leur relation. Voilà qui devrait contenter ma cousine et alimenter toutes ses conversations pendant un certain temps. Nathan par-ci, Nathan par-là, blablabla… Je suis ravie pour elle, faudrait surtout pas croire le contraire. Je me demande simplement comment je vais survivre à cette soirée si je n'ai personne à qui parler. J'aurais dû m'abstenir de souhaiter un peu de compagnie, car, sitôt mon vœu exaucé, je le regrette déjà. Pas tout à fait ce que je pouvais rêver de mieux. Le mec qui m'a offert un verre tout à l'heure revient à la charge, avec son fidèle air suspicieux.

– T'es pas en terminale, toi. Je me trompe ?

– Non.

– Je l'aurais parié.

– Eh ben…

Il semblerait qu'on ait déjà fait le tour de la conversation. H-E-L-P ! Je prétexte une fois de plus une urgente envie, faute de mieux, mais il ne fait pas semblant d'être dupe cette fois-ci.

– C'est bon, j'ai compris, je me casse. De toute façon, t'es pas mon type.

– Waouh. Trop sympa.

La classe ! J'en profite pour filer avant qu'il ne change d'idée. Ne sachant trop où aller, je me mets en quête des W.-C., où je pourrai au moins m'isoler un instant pour faire le point et réfléchir à un meilleur plan. Je traverse la pièce aussi vite que la foule me le permet, et repère sans trop de mal le petit coin. Je m'y engouffre en poussant un soupir de soulagement, mais un pied s'immisce dans l'embrasure, bloquant la porte et m'empêchant de la refermer derrière moi. Le visage de Nathan se glisse dans l'interstice. Il a clairement des idées derrière la tête.

– Clémentine, c'est ça ?

– Ouais. Je peux savoir ce que tu fous ici ? je lui réponds, plus sèchement que je ne l'aurais voulu.

– Je t'ai vue nous mater. Je croyais que tu cherchais de la compagnie…

– Non, je peux très bien me débrouiller seule, merci.

Il ne tient pas compte de mon refus. Avant que j'aie pu faire quoi que ce soit, il entre dans la minuscule pièce, referme la porte derrière lui et me plaque contre le mur. Je sens son souffle chaud s'égarer dans mon cou, puis remonter vers mon visage. Il pue l'alcool. Ses gestes sont résolus mais maladroits, preuve qu'il n'est plus en pleine possession de ses moyens.

Il plante son regard dans le mien. Je réprime un frisson, mais ce qu'il m'inspire n'a rien à voir avec le désir. Il me répugne. Il ne pense manifestement pas la même chose de moi, puisqu'il me souffle à l'oreille : « Je te kiffe grave. » J'essaie une fois de plus de le repousser, en objectant sourdement :

– Y a pas deux minutes, tu pelotais ma cousine.

– Ouais, et puis ? On n'est pas mariés, que je sache.

Quel con ! Cette fois, je le repousse assez brusquement pour parvenir à me défaire de son emprise. J'ouvre la porte avec fracas et m'extirpe de là. Quelques élèves de terminale se retournent sur mon passage. Personne ne semble se soucier de mon état. Je ne suis qu'une tache nuisible dans leur champ de vision. Ma tête tourne. Il faudrait que je m'assoie, mais tout bouge autour de moi. Je me retrouve au centre du salon, encerclée de fêtards anonymes et sans visage. Les haut-parleurs crachent la chanson *Oublie-moi* de Cœur de pirate.

Mais laisse-moi tomber,
Laisse-nous tomber.
Laisse la nuit trembler en moi.

J'ai l'impression d'avoir déjà vécu cette scène. L'histoire se répète. À la différence que les rôles sont inversés, cette fois. Je comprends maintenant comment Flavie a pu se sentir ce soir-là, quand Grégoire lui a fait du rentre-dedans très lourdement. Elle n'a rien à se reprocher. Si ça se trouve, c'est lui qui a jeté son dévolu sur elle, sans qu'elle ait fait quoi que ce soit pour l'allumer. Je parie qu'elle s'est sentie aussi misérable que moi à cet instant. Je lui en veux toujours, mais une partie de moi fait soudain la paix avec elle. Je ne sais pas si nous avons quelque chose à voir avec ce qui est arrivé à Greg, je ne crois pas, je ne veux pas y croire. Mais quoi qu'il en soit, il ne le méritait pas. Ou si peu… Je réalise qu'il est grand temps que je donne suite à tous les messages de Flavie que j'ai laissés sans réponse. Que je tente de renouer avec elle. Mon silence a assez duré, même si je ne suis pas encore prête à lui pardonner. Je me promets de lui écrire en rentrant chez moi. Quant à savoir si j'aurai vraiment le courage d'appuyer sur « Envoyer » cette fois, ça reste à voir…

*
* *

De : Clémentine Joubert (clem_kisskiss@gmail.com)
Envoyé : 28 juin 11:48:41 p.m.
À : Flavie Dupré (hop.flavie@hotmail.com)
Objet : RE : Dernières nouvelles du Caribou

Salut Caribou,
J'sais pas trop ce que je fous là devant mon ordi à écrire un mail que je ne t'enverrai probablement jamais. Je

m'étais juré d'ignorer tes messages, de ne plus jamais les ouvrir, encore moins de les lire, mais j'ai flanché. Je les ai tous lus avant de les supprimer un à un. Sauf le dernier que tu m'as envoyé. Peut-être parce que, justement, c'est le dernier et qu'il doit me servir à me rappeler toute la colère que tu m'inspires. Tu as vu juste : je ne t'ai pas pardonnée et honnêtement, je ne sais pas si j'y arriverai un jour. Quelle idiote j'ai été de te faire confiance. C'est tout ce qui me reste de l'été dernier : le souvenir de ta trahison. Je n'aurais jamais dû venir te parler, quand je t'ai trouvée, paumée dans le foutu dédale des ruelles de Lourmarin. Moi, je connais le village par cœur, dans ses moindres recoins, et j'ai eu pitié de toi. On aurait dit un animal égaré, et j'ai toujours eu plus de sympathie pour les animaux que pour les humains. Tu m'as eue par les sentiments en quelque sorte.

C'est ton accent qui m'a piégée, j'étais intriguée, Il chantait un peu comme celui d'ici. Alors, avant de t'aider, je t'ai demandé d'où tu venais. Montréal. La ville de Cœur de pirate, cette chanteuse que j'aime tant. Je me rappelle que tu étais un peu mal à l'aise, j'ai vu tout de suite que tu étais timide. Mais ensuite, au lieu de prendre la direction que je t'indiquais, tu m'as collé aux basques toute la journée, comme si de rien n'était. On aurait dit que je tombais au bon moment, que tu avais besoin de te changer les idées. Ça s'est fait naturellement et moi, j'ai même pas moufté parce que je te trouvais sympa, même si je comprenais qu'à moitié ce que tu me disais.

Tes expressions colorées me rappelaient la musique des documentaires sur le Canada que j'aime bien regarder quand je zone devant la télé. Comme j'avais enfin une vraie fille du cru devant moi, j'en ai profité et je t'ai déballé tous les clichés (c'est vrai que c'était très bête) sur ce que ça faisait d'aller à l'école en raquettes et de croiser sur la route des bêtes sauvages comme des ours, des loups ou des caribous !, tu m'as rétorqué en rigolant : « c'est n'importe quoi ! » Je me souviendrai toujours ce que tu m'as dit ensuite pour me taquiner : « Et toi, quel effet ça te fait de porter le béret pis de manger des baguettes qui sentent le dessous de bras ? » J'ai tiré une de ces tronches, un tronche à un million dans une émission du genre « Questions pour un champion » ! Tu m'as alors confié qu'il n'y avait plus personne qui allait à l'école en raquettes, que tu ne savais même pas si ça se faisait encore à l'époque de ta grand-mère et qu'il fallait pas écouter tout ce qu'on raconte, car même les documentaires à la télé peuvent se tromper et nous mettre de fausses idées dans la tête. Tu as même paru un peu vexée que je te prenne pour une Canadienne alors que tu te considères d'abord et avant tout comme une Québécoise. Tu y tenais farouchement, à ton titre de Québécoise.

En fait, ton obstination m'a plu même si, dès cette première conversation, j'ai eu le pressentiment que j'allais peut-être regretter de t'avoir rencontrée. Cette petite voix mauvaise et méfiante avait commencé à me parler : c'était les vacances, qu'est-ce que ça pouvait bien me faire, ta crise identitaire et tes histoires compliquées ? Je me suis dit quelquefois par la suite que j'aurais dû suivre mon instinct et prendre mes distances. Mais j'avais décidé de te donner une seconde chance. Grave erreur comme je l'ai découvert bien assez vite… Qu'importe. Je ne sais même plus où je voulais en venir avec tout ça. De toute manière, ce mail ne partira pas. À quoi bon se remémorer ces souvenirs, Flavie, le passé, c'est le passé, non ? Autant aller me coucher pour oublier la soirée désastreuse que je viens de passer.

Clémentine

P.-S. : Ce soir, j'ai réellement compris que tu n'étais pas responsable de ce flirt avec Grégoire. Je sais que je me répète, mais qu'est-ce que cela change maintenant ? Le mal est fait, nos amitiés sont mortes. Notre vengeance ne m'a pas apaisée. C'est tout le contraire…

Le curseur de ma souris hésite sur le bouton « Envoyer ». Puis dérive comme d'habitude vers la corbeille. Si seulement effacer ce mail pouvait aussi effacer mes regrets…

4
Flavie

Poissons – votre horoscope du 29 juin :
Des révélations inattendues vous offriront l'occasion de faire la paix avec le passé. Saisissez-la ou vous le regretterez.

Montréal, Québec

Une odeur de brûlé me chatouille les narines. Le pain à l'ail ! J'allais l'oublier dans le four allumé à plein feu. Je voudrais bien le sortir de là, mais je ne sais pas où sont passées les mitaines pour attraper la grille sans me brûler. Ni sur la cuisinière, ni sur la table, ni sur le comptoir, où sont-elles ces foutues mitaines ? Je dois me dépêcher avant que… Trop tard. L'alarme stridente du détecteur de fumée me hurle dans les oreilles.

Et papa qui déteste être dérangé par le bruit

quand il travaille… Je suis cuite ! Déjà que Jean-Benoît est d'une humeur massacrante aujourd'hui, je vais encore me faire engueuler comme du poisson pourri (ou du pain roussi, dans ce cas). Pour la pollution auditive ET pour le repas brûlé.

Il n'y a plus de pain dans le garde-manger parce que mon ermite de père ne fait jamais l'épicerie, alors je me résigne à nous servir une salade tomates-laitue-concombre accompagnée de pain à l'ail calciné et pose l'assiette de mon père sur un plateau pour qu'il puisse manger sans avoir à interrompre son travail. Si ça se trouve, papa sera tellement concentré sur les mots qui s'affichent à l'écran qu'il n'y verra que du feu (c'est le cas de le dire).

Je m'arrête devant la porte de son bureau. Elle est entrebâillée et un filet de voix s'en échappe ; celle de mon père, rocailleuse comme s'il n'avait pas parlé depuis l'âge de pierre. Sans blague, on croirait entendre un homme des cavernes ! Je l'entends soupirer.

– Ça risque d'être serré, Bob. Le roman part à l'impression la semaine suivante, je vais être en pleine correction d'épreuves… (Il se gratte le crâne.) Je vais voir ce que je peux faire, Bob, mais j'te garantis rien.

Depuis peu, mon père a un agent littéraire : Robert Marcotte, ou Bob pour les intimes (c'est-à-dire ceux qui ont le portefeuille assez garni pour mériter son amitié… professionnelle, on s'entend). Jean-Benoît connaît enfin assez de succès pour s'en payer un, mais c'est récent. Il n'y a pas si longtemps, mes parents m'habillaient encore dans les friperies de la rue Wellington, épluchaient les circulaires pour y découper les coupons rabais, se chicanaient dans l'allée des surgelés au supermarché et s'inquiétaient de ne pas arriver à payer les factures et le loyer à la fin du mois. Durant cette période, maman détestait le travail de papa parce qu'elle jugeait qu'il ne rapportait pas suffisamment. C'est sans doute la principale raison qui l'a poussée à sacrer son camp, comme on dit en bon québécois (elle m'en voudrait de parler comme ça).

– J'sais bien ! Mais j'pouvais pas prévoir que les Français l'adapteraient en pièce de théâtre. Encore moins qu'ils décideraient de la monter cet été !

Robert « Bob » Marcotte doit lui répondre une niaiserie parce qu'il éclate de rire en le traitant de con. Ça n'a rien d'injurieux, au contraire, c'est un compliment venant de mon père. Un mot affectueux, même. Entre eux, l'amitié a vite pris le dessus sur la relation d'affaires, ce qui est plutôt exceptionnel quand on sait que Bob est réputé pour son sale caractère intransigeant et Jean-Benoît pour son esprit libre et son côté solitaire.

– Tu proposes quoi ? Je retarde la parution ou j'annule mon séjour à Avignon ?

Je passe à deux doigts de laisser échapper mon plateau. Mon père en Provence ? Sans moi ?! Ça ne peut être qu'une autre mauvaise blague de Bob-le-farceur. Mon paternel m'en aurait glissé un mot, sinon. Non ?

– Ça va, ça va. Rappelle l'organisation du festival et dis-leur que j'accepte leur invitation…

Bon. Ben, on dirait que non.

– … mais je reste une semaine, gros max, le temps de rencontrer le directeur de la troupe, le metteur en scène et les comédiens, puis d'assister à une ou deux représentations. C'est le mieux que je puisse faire. Annule ma participation à la conférence de presse d'ouverture et aux autres événements protocolaires.

Quand Jean-Benoît finit par raccrocher, quelques secondes plus tard, je ne réponds plus de moi. J'enrage et bouillonne de l'intérieur, prête à exploser. Ça doit se lire sur mon visage, ce fameux livre ouvert, comme se plaisait souvent à me le rappeler ma grand-mère, parce qu'en me voyant, mon père rougit comme un enfant pris la main dans le sac de biscuits, entre deux repas.

Je déclenche les hostilités, voyant qu'il n'est pas prêt à avouer ses fautes :

– Tu comptais m'en parler une fois rendu là-bas ?

– Non. J'attendais que ce soit confirmé.

– Je viens avec toi.
– C'est hors de question.

Sa voix n'invite pas à la discussion, mais je m'en fous. Je n'ai pas besoin d'invitation pour poursuivre :

– Oh, et je peux savoir ce qui me vaut un non aussi catégorique ?
– Je serai trop occupé pour t'avoir à l'œil.
– Depuis quand j'ai besoin d'un chaperon ?
– Depuis que j'ai décidé que tu n'es pas assez vieille pour te promener seule en plein festival dans une ville que tu ne connais pas.
– Qui te dit que je serais seule ?

Mon père me lance un regard mi-figue, mi-raisin par-dessus ses petites lunettes violettes à monture ovale.

– T'as l'air d'oublier que, moi aussi, j'ai des contacts en France, je renchéris.

Ça ne l'impressionne visiblement pas, puisqu'il continue de me fixer par-dessus ses lunettes sans broncher, l'air de dire : « C'est bon ? T'as fini de me déranger ? » J'insiste et je le supplie, espérant ainsi toucher sa corde sensible :

– Allez, s'il te plaît ! Depuis le temps que je rêve de retourner en France !
– Ce sera pour une prochaine fois. Tu as la vie devant toi.
– Tu ne peux pas me laisser toute seule ici. C'est aussi dangereux que là-bas !

– Je me suis arrangé avec Maude pour qu'elle vienne s'installer ici et te tenir compagnie en mon absence.

– Wow ! T'en as parlé à ta sœur, mais pas à moi ? La confiance règne !

– Je t'en prie, Flavie, la discussion est close.

Il fait pivoter sa chaise et se remet à taper frénétiquement sur son clavier, faisant mine de travailler. C'est ridicule. Mon père a beau être un grand auteur, à cet instant précis, il n'est rien de mieux qu'un piètre acteur.

Mais je n'ai pas dit mon dernier mot. Il ne se débarrassera pas de moi aussi facilement. J'ai un plan infaillible, ou presque. Sauf que j'aurai besoin de l'aide de quelqu'un pour le réaliser ; une personne encore plus difficile à convaincre que Jean-Benoît. Ça vaut tout de même le coup d'essayer, sinon je risque fort bien de le regretter. C'est mon horoscope d'aujourd'hui qui le dit.

Je m'enferme dans ma chambre en faisant bien claquer la porte derrière moi pour que mon père ait la certitude que je lui en veux à mort, au cas où il en douterait encore. Il ne peut pas me faire ça à moi, sa fille, celle qui s'est occupée de lui comme une mère ces dernières semaines. Je peux très bien me débrouiller seule en voyage, et il le sait parfaitement. Il ne veut juste pas m'avoir dans les pattes, c'est évident.

Je le déteste !

De : Flavie Dupré (hop.flavie@hotmail.com)
Envoyé : 29 juin 12:38:11
À : Clémentine Joubert (clem_kisskiss@gmail.com)
Objet : Encore moi ! URGENT !!!

Salut Clémentine,
J'avais promis de te laisser tranquille, c'est vrai, mais c'était avant de découvrir ce que mon père manigançait dans mon dos… Figure-toi qu'il planifie un voyage en France. Sans moi. Et pas n'importe où ! À Avignon qui, selon Google Maps, est à moins d'une heure de route de Lourmarin. Ouais, tu as bien lu. Monsieur l'auteur-de-renommée-internationale s'en va assister à l'adaptation théâtrale d'un de ses romans au festival d'Avignon, et il a « oublié » de m'en parler. Mais tu te demandes peut-être où je veux en venir avec tout ça, quoique tu t'en doutes sûrement un peu… Pas très subtile, mon affaire ! Disons simplement que j'aurais aimé un signe de ta part pour m'encourager à venir. Parce que si j'ai des bonnes raisons d'y aller, il y a de fortes chances qu'il me laisse l'accompagner. J'ai vraiment hésité à t'écrire (vu ton manque d'enthousiasme, si on peut dire ça comme ça), mais je me suis dit que ça ne coûtait rien d'essayer une dernière fois. Surtout que je pense avoir un plan du tonnerre (sans mauvais jeu de mots) pour arranger les choses. Ou pour… conjurer le sort, si on veut. D'ailleurs, comment ça se passe à Lourmarin ?

As-tu croisé Grégoire ? Si oui, est-ce qu'il va bien ?
Bon. Ça ne me regarde peut-être pas. Mais peut-être que oui ? Je ne sais plus quoi penser. Tout ce que je sais, c'est que je suis tannée d'avoir des remords et des cauchemars. Pas envie d'avoir cette histoire sur la conscience pour le restant de mes jours !
Alors s'il te plaît, je t'en prie, RÉPONDS-MOI !!!
À très bientôt, j'espère…
Flavie, qui te supplie à genoux de lui donner signe de vie.
xx
P.-S. : Après ce voyage, je ne t'achalerai plus jamais. Promis, juré. Croix de bois, croix de fer, si je mens, je vais en enfer !

5
Clémentine

« L'adolescence ne laisse un bon souvenir
qu'aux adultes ayant mauvaise mémoire. »
– François Truffaut, alias Ferrand,
dans *La Nuit américaine* (1973)

Lyon, France

De : Clémentine Joubert (clem_kisskiss@gmail.com)
Envoyé : 29 juin 23:57:39
À : Flavie Dupré (hop.flavie@hotmail.com)
Objet : RE : Encore moi ! URGENT !!!

Coucou Caribou,
Si je me souviens bien, c'est toi qui disais : « Y a que les fous qui ne changent pas d'idées. » (Bon, ici on dit plutôt que ce sont les idiots qui ne changent jamais d'avis, mais on ne va pas chipoter, hein ?) Eh ben, voilà,

t'as gagné. Ne te fais surtout pas d'illusions, tu n'es pas encore pardonnée à 100 %. J'accepte de t'aider, mais je tiens à préciser que c'est pour Grégoire que je le fais, pas pour toi. Que ce soit bien clair entre nous.

Il faut que tu le saches aussi, je ne passe pas mes vacances à Lourmarin cet été. La villa de mes parents a brûlé ! On ignore s'il s'agit d'un incendie criminel ou d'un incident de cause naturelle. Mon père est parti enquêter sur place. Le connaissant, il n'apprécierait pas de me voir traîner là-bas, mais si tu me confirmes que ton plan est béton, on pourrait s'arranger. Lourmarin, c'est minus de chez minus, mais je connais les rues comme ma poche et ce n'est pas le genre de mon père de traîner dans les rues, si je le croise, c'est vraiment pas de bol !

J'ai du mal à en parler, mais je ne suis pas certaine d'être prête à revoir Grégoire. Je t'ai écrit plusieurs messages, je t'en écrivais encore un hier soir, en fait, mais sans jamais arriver à te les envoyer. Je ne sais pas si j'aurai le courage de me replonger dans cette histoire et de le revoir pour l'affronter. On verra ça plus tard…

Mais je veux bien essayer ton truc pour renverser le mauvais sort qu'on lui a jeté. (Je n'en reviens pas d'écrire ça !) Pas que je croie à tous ces trucs-là, comme tu le sais, mais si ça peut me permettre de soulager ma conscience, ça vaut le coup d'essayer.

J'attends que tu me communiques la marche à suivre.

Impressionne-moi, Sorcière. Sois créative !

Clem

J'appuie sur le bouton « Envoyer », aucune hésitation cette fois. Trop tard pour reculer. Non, mais dans quel pétrin je m'apprête encore à me mettre ? À quoi ça rime, tout ça ? L'alcool m'est monté à la tête, c'est obligé. Les deux verres que j'ai bus ont suffi à me rendre impulsive, à croire que rien ne pourrait m'arrêter. Flavie a vraiment le don de m'entraîner dans les pires emmerdes. Bizarrement, pourtant, je lui suis reconnaissante, elle me permet d'oublier mon spleen. Son petit côté sorcière sûrement. Elle m'a ensorcelée, c'est évident.

Je suis parfaitement consciente que c'est de la bouillie pour chats, ces histoires de magie. Quoi qu'il en soit, la perspective d'une virée à Lourmarin me plaît bien, ne serait-ce que pour mettre un peu de piquant dans mes vacances qui s'annoncent d'un ennui mortel. En plus, je me suis brouillée avec la seule personne qui me restait encore sur place pour me changer les idées. Ma cousine m'accuse de lui avoir volé son mec, et de mentir sur l'épisode des toilettes avec Nathan. Comme si ça m'intéressait d'inventer une histoire aussi pourrie. Mes copines du lycée, autant les oublier. Soit elles sont trop occupées avec leur copain, soit elles ont déserté Lyon sans scrupule pour passer l'été dans la résidence secondaire de leurs parents. Et je n'ai pas reçu d'invitation à les rejoindre. Si je ne fais rien, ces vacances continueront à s'étirer sans fin, jusqu'à ce que mort (d'ennui) s'ensuive. Alors, l'occasion est trop belle pour que je la chasse du revers de la main ! J'ai donné ma parole, il ne me reste plus qu'à convaincre ma mère de me laisser partir… Nos vieux avaient sympathisé, l'été dernier, ça pourrait jouer en notre faveur, mais va savoir avec eux. Je ferais mieux de miser sur notre amitié, que mon père qualifiait de « combustion spontanée ». Heureusement, je ne les ai jamais mis au parfum des événements qui ont eu raison de notre complicité. Ils ne pourront donc pas prétexter qu'elle a une mauvaise influence sur moi. En fait, ils s'imaginent sans doute l'inverse.

Cette considération quelque peu déprimante me ramène un an plus tôt. Je revois Flavie, le jour de notre rencontre. Je n'avais jamais côtoyé de fille du Grand Nord avant elle. D'homme non plus, cela dit. Mais ça se voyait tout de suite qu'elle n'était pas du coin. D'abord parce que les étrangers ne passent jamais inaperçus dans un village comme Lourmarin, puis parce qu'il n'y a que les touristes pour s'extasier autant à l'idée d'aller voir un banal champ de lavande (ce qu'a fait Flavie, immanquablement, un peu plus tard). Avant de lui parler, je n'aurais certes pas pu dire précisément d'où elle venait. Me référant à ma pile de préjugés sur les peuples, j'aurais plutôt parié sur l'Allemagne, la Russie, la Pologne ou n'importe quel pays de l'Union européenne s'adonnant sans limite au culte de la choucroute et du trekking. Je ne sais plus trop ce que je m'imaginais à propos des Canadiens d'outremer – pardon, des Québécois ! –, mais je ne m'attendais pas à ça. Du tout. C'était subtil mais, pour quiconque a un bon sens de l'observation, les différences culturelles se notent au-delà de l'accent. Dans la posture, l'attitude, la gestuelle. Dans la coiffure, la démarche et l'habillement. Flavie était assez mignonne pour tourner dans une pub de Decathlon, mais ses fringues de randonnée m'inspiraient un sentiment hybride d'amusement et de pitié. On aurait dit une Tsigane en safari. Je l'ai tout de suite trouvée sympathique. Attendrissante, même. Comment me serait venue l'idée qu'elle se transformerait en rivale potentielle, elle qui paraissait tellement inoffensive ? Et naïve. Un bébé Caribou égaré dans un champ de lavande. L'image me fait encore sourire aujourd'hui. Je me suis retenue de pouffer quand je l'ai vue débarquer le lendemain de notre rencontre. Je lui avais donné rendez-vous à proximité du château, à notre cabane du chasseur-ne-sachant-plus-chasser. C'est ainsi qu'on l'avait baptisée il y a plusieurs années, Greg et moi, parce qu'on y avait trouvé un vieux piège à lapin ou à perdrix, mais que, vu l'état de l'endroit, ça faisait longtemps qu'elle n'avait pas abrité quelque carcasse que ce soit. La cabane était crasseuse de poussière et de saleté, mais pas la moindre goutte d'hémoglobine à l'horizon. En revanche, de la rouille à gogo sur quelques vieux outils abandonnés. Et c'est tant mieux, car j'ai toujours nourri une aversion sans nom pour tous les bourreaux des animaux, chasseurs y compris. Mais là n'est pas la question.

Quand Flavie nous a rejoints, j'ai aussitôt noté un changement d'attitude chez Grégoire. Était-ce l'attrait de la nouveauté ? Mon ami d'enfance m'a paru franchement déstabilisé par cette nouvelle présence. Le Caribou lui faisait de l'effet. Ça sautait aux yeux ! Il fallait voir comment il la regardait… Quelques jours plus tard, j'en étais déjà malade à crever. J'ai cherché à me convaincre que ce n'était que le fruit de mon imagination, mais mon orgueil était piqué, irrémédiablement. La jalousie me consumait. J'avais sous-estimé la beauté de la Québécoise, aussi atypique soit-elle. Greg semblait fasciné par ses yeux vairons, un œil brun, un œil vert, alors que, moi, je trouvais ça juste bizarre. Pas moche, bizarre. Devinant son intérêt pour les attraits de la Provence, Greg a suggéré une balade au Vallon de Gerbaud. On a enfourché nos vélos ; moi, le mien, Grégoire, le sien, et Flavie, cramponnée tant bien que mal à lui. Rien que l'idée de cette expédition m'avait mis les nerfs à rude épreuve, mais je refusais de m'avouer vaincue d'avance. Pas question que je les laisse y aller seuls. On a donc pédalé à en perdre haleine sur les petites routes accidentées, bordées de vergers et de vignes qui menaient à la ferme de madame Paula, la gardienne du Vallon. Tant de beauté laissait Flavie ébahie, elle n'avait jamais vu de tels paysages. Des champs de lavande s'étendaient à perte de vue sous le ciel bleu, bordés de chênes verts et de cerisiers. Alors que nous venions d'arriver, complètement en nage après cet effort, je ne sais pas ce qui m'a pris de suggérer une course à travers les champs de lavande. Flavie n'a pas pu manquer la lueur de défi dans mon regard. Ma stratégie était un peu puérile, je l'admets : si je l'emportais devant Grégoire, j'aurais la conviction que plus rien ni personne ne pourrait contester ma place privilégiée auprès de lui. C'est ce que j'avais trouvé de mieux pour reconquérir son amitié… ou son cœur.

– La première qui arrive à l'autre bout du champ !

– T'as aucune chance contre moi.

– Pffft ! C'est ce qu'on va voir, Caribou…

Grégoire, à qui la position d'arbitre convenait très bien, a commencé le décompte… Trois, deux, un… On s'est mises à courir comme des perdues, piétinant comme des sauvages les jolies fleurs mauves qui s'alignaient, indociles, aussi loin que le regard portait. Les tiges de lavande et les centaines de petites sauterelles jaillissaient sur notre passage en me chatouillant les genoux. C'était à la fois doux et piquant, mais doux, surtout. Si agréable que j'en venais presque à oublier qui j'étais. J'avais la rage au corps. Plus qu'un défi, une question de vie ou de mort. Flavie, elle, le vivait manifestement de manière plus légère, comme un simple jeu, puisqu'elle s'est soudain mise à hurler telle une louve tout en fouettant l'air de ses bras. Côté subtilité, on repassera. Elle a hurlé une fois de trop et, évidemment, ce qui devait arriver est arrivé : madame Paula a surgi de nulle part et entrepris de nous chasser de son territoire. On a rebroussé chemin le plus vite possible pour retrouver nos vélos, abandonnés dans un bosquet, et on s'est enfuis en riant comme des fous, le cœur battant la chamade. Qui était vainqueur de la course n'avait plus d'importance.

– Les yeuves du village nous traiteraient de farfadets, s'ils nous voyaient.

– Les quoi ?!

– Heu… les yeuves ? Les vieux, quoi.

– Ah ! Et pourquoi ils nous traiteraient de farfadets ? a demandé Flavie en se marrant.

– À cause des légendes. En Provence, on raconte qu'ils adoooorent courir dans les champs de lavande.

– Je les comprends ! Moi aussi, je passerais mon temps à venir courir ici si j'habitais dans la région, a décrété Flavie, me laissant quelque peu déconcertée.

Sur le chemin du retour, Caribou s'est brusquement mise à paniquer. Elle s'est frotté le lobe de l'oreille droite, puis s'est agitée dans tous les sens en tapant sur ses vêtements avant finalement de se mettre à quatre pattes pour ratisser le sol avec ses doigts. En la questionnant sur les raisons de cette agitation, j'ai appris qu'elle venait d'égarer une boucle d'oreille, et pas n'importe laquelle. Un cadeau de sa grand-mère maternelle, décédée il y a quelques années. Son joli visage parsemé de taches de rousseur s'est décomposé.

– Mon horoscope m'avait prédit que je perdrais quelque chose de précieux aujourd'hui…

– Ah bon, tu crois vraiment à ces conneries ?

– Certain ! Pas vous ?

Sa question était d'une naïveté désarmante. On s'est payé sa tête, étonnés de constater qu'on avait affaire à une de ces illuminées qui croient dur comme fer en ces encadrés insipides qu'on trouve dans les quotidiens gratuits, et qui ne veulent rien dire de plus que l'interprétation qu'on veut en faire. J'arrivais à concevoir que des gens soient payés pour rédiger la rubrique astrologique (je n'aurais eu aucun mal à le faire moi-même si on me l'avait proposé), mais quel genre de personne pouvait la lire ? Pire : y croire ? Flavie faisait donc partie de ceux-là et je ne pouvais m'empêcher de la trouver marrante avec ses airs mystiques, comme si elle avait été piquée par une mouche invisible, une force surnaturelle. Voyant qu'elle n'en démordrait pas si facilement, j'ai laissé tomber avec indulgence l'une de mes répliques préférées, un grand classique du cinéma :

– *Eh bien… personne n'est parfait !*

La phrase, tirée du film *Certains l'aiment chaud* (*Some Like It Hot !*) avec en vedette la plantureuse Marilyn Monroe, l'a laissée pensive. Elle s'est contentée de répondre : « C'est vrai », mais j'aurais parié qu'elle n'avait pas saisi la référence cinématographique. Elle n'avait pas trop le profil à regarder des vieux classiques. Quoique… venant d'elle, je pouvais m'attendre à n'importe quoi. Sauf à ce qu'elle anéantisse d'un simple coup de baguette l'amitié que j'avais tissée pendant des années avec le beau Grégoire Gréco, rêvant qu'elle se transforme en quelque chose de plus le temps venu. Avec le recul, je réalise que notre histoire était vouée à l'échec. Greg ne m'avait jamais aimée et ne m'aimerait jamais. J'avais beau y croire de toutes mes forces pas plus tard que l'été dernier, nous n'avions aucun avenir ensemble. J'ai perdu assez de temps à nourrir de faux espoirs à son égard. Je suis prête à l'oublier, à faire le deuil de mon amour pour lui… Mais je dois d'abord le revoir.

6
Flavie

Poissons – votre horoscope du 9 juillet :
La planète en Saturne pourrait occasionner
des turbulences et perturber votre journée.
Rappelez-vous que l'orage finit toujours par passer.

Quelque part au-dessus de l'océan Atlantique

J'ai envie de faire pipi, mais on doit tous garder notre ceinture bouclée ; le signal lumineux au plafond est allumé. J'aurais dû y aller tantôt, quand il était éteint, je ne pensais pas qu'il se rallumerait aussi vite. Bref, je suis condamnée à me retenir jusqu'à ce que mort s'ensuive. Car c'est bien ce vers quoi on se dirige sans l'ombre d'un doute : la mort, imminente. Le commandant nous a annoncé avant le décollage qu'il y aurait probablement quelques turbulences pendant le vol. Mon horoscope aussi l'a prédit ; au moins, je ne pouvais pas dire que je n'étais pas prévenue. Je ne suis pas prête pour autant à affronter la fin du monde avec une vessie pleine à ras bord !

Mon père est assis quelques rangées devant moi, de l'autre côté de l'allée. De mon siège, en m'étirant bien le cou, je peux voir le dessus de sa tête et son toupet retroussé à la Tintin. Ça me rassure un peu de le savoir pas trop loin de moi, n'empêche qu'en ce moment critique, je préfèrerais être avec lui plutôt qu'assise en sandwich entre une religieuse en transe et un ronfleur chronique. Si Jean-Benoît avait réservé mon billet en même temps que le sien, on n'en serait pas là. En entrant dans l'avion, j'avais besoin de solitude pour me préparer aux retrouvailles avec Clémentine ; maintenant, j'aurais besoin d'une présence rassurante à mes côtés et ce n'est certainement pas auprès de mes voisins de sièges que je vais la trouver. Ça me fait suer de l'admettre, mais je n'aurais pas dû me réjouir si vite de me retrouver assise au fond avec des étrangers.

– *La fumée des parfums monta, avec les prières des saints, de la main de l'ange devant Dieu.*

J'essaie de me convaincre de ne pas accorder d'attention à ce murmure. Une simple plainte à peine audible parmi les bruits des moteurs. Mais la prière apocalyptique de ma voisine réussit à me mettre définitivement les nerfs en boule et les sens en alerte. Je ferme les yeux pour ne plus voir ses lèvres remuer.

– *Et l'ange prit l'encensoir, le remplit du feu de l'autel, et le jeta sur la terre. Et il y eut des voix, des tonnerres, des éclairs, et un tremblement de terre.*

Folle. Cette femme en soutane et ses prières démentes combinées à mon envie d'uriner vont me rendre folle ! Citer l'Apocalypse à un moment pareil, non mais quelle idée !!! À défaut de desserrer ma ceinture, je pousse ma technique d'abstraction au niveau supérieur en me couvrant les oreilles. Un peu plus et je me mettrais à chanter à tue-tête : « Na-na-nan-na-na-je-ne-vous-entends-pas-nan-na-na ! »

À la place, j'ai le malheur de rouvrir les yeux au moment où un éclair déchire la nuit noire derrière le hublot le plus proche de moi, comme dans mon cauchemar. Je compte mentalement, comme je le faisais quand j'étais petite et que j'étais paralysée par la peur. Un. Deux. Trois. Quatre. Cinq. Six… Si je parviens à compter jusqu'à vingt sans apercevoir d'éclair, j'aurai la certitude qu'on s'en sortira vivants. Sept. Huit. Neuf… La foudre illumine à nouveau le ciel, mais à l'horizontale, cette fois, à croire qu'elle suit notre trajectoire. On est foutus. Ce n'est plus qu'une question de secondes avant qu'on s'écrase.

D'autres éclairs me le confirment aussitôt, tandis que, sur les écrans devant nous, la compagnie aérienne qui nous servira de cercueil nous vante les mérites de la carte de Membre Privilège.

« À quoi ça sert de devenir Membre Privilège si on est morts ?! »

L'éclair. Encore et toujours cette étincelle diabolique ! C'est forcément un signe ; je ne crois pas au hasard. Le mauvais sort. Grégoire. Les cauchemars. Tout me ramène vers ce symbole. Pire, ça me ramène à l'instant présent, et à la fin qui approche. Suivent les vingt minutes les plus longues de ma vie. Je ne sais pas pourquoi on appelle ça des sueurs froides parce que ça ressemble plutôt à des bouffées de chaleur. Mes joues sont brûlantes et mes cheveux me collent au front. Comme moi, les autres passagers retiennent leur souffle, sauf le ronfleur chronique à mes côtés qui, curieusement, semble plongé dans le sommeil le plus réparateur qui soit. Au moins, il ne souffrira pas. La religieuse s'est tue et même les agents de bord sanglés à leurs sièges d'agents de bord, derrière nous, ont l'air terrorisés. Une chance qu'ils sont là avec nous pour nous rassurer. J'aurais dû écouter la vidéo qui expliquait les mesures de sécurité en cas d'urgence, mais j'étais trop occupée à sortir mon calepin et mes stylos, à les ranger méthodiquement dans la pochette devant moi pour y avoir facilement accès en vol. J'étais obsédée à l'idée de noter toutes mes impressions, tout ce qui me passait par la tête et pourrait orienter ma stratégie une fois atterrie sur le sol français… Mais, ça, c'était pour SI on atterrissait. Sans frapper d'abord l'océan de plein fouet pour se retrouver éparpillés dans l'Atlantique en des milliers d'appâts frais pour les requins.

Les éléments sont déchaînés. Lorsqu'ils finissent par s'apaiser, tout le monde dans la cabine est crispé, lessivé. Ceux qui espéraient vivre des émotions fortes en ont eu pour leur argent. Le reste du vol se déroule sans anicroche ; nous sommes tous bien trop éprouvés pour manifester notre soulagement d'être en vie. Ce n'est qu'à l'atterrissage que nous nous donnons enfin le droit de relâcher la pression en remerciant le ciel de nous avoir épargnés. Une salve d'applaudissements retentit pour féliciter le pilote de nous avoir conduits à bon port. Ma voisine en soutane y va d'un « alléluia ! » libérateur.

Et moi, je réalise qu'avec toutes ces émotions, j'en ai oublié de soulager ma vessie.

7
Clémentine

« J'ai les mains faites pour l'or,
et elles sont dans la merde ! »
– Al Pacino, alias Tony Montana,
dans *Scarface* (1983)

Lyon, France

Aucun risque que Lyon me manque. Cinq jours loin d'ici, ce n'est pas un luxe, mais une nécessité. Je vais craquer ! C'est vrai, quoi, ma patience a ses limites et ma famille les a largement dépassées. Pas plus tard qu'hier, ma sœur s'est battue avec un voisin sous prétexte qu'il avait traité mon frère de boloss. Les parents du sale gosse se sont incrustés devant la maison et ça a un peu dégénéré quand ma mère s'en est mêlée en aboyant que leur fils avait bien mérité de se faire foutre une raclée par une nana. Sur le coup, j'étais fière d'elle. Ça m'a fait plaisir qu'elle ne se laisse pas faire pour une fois, j'avoue. Ça faisait longtemps qu'elle ne m'avait paru aussi forte et digne. Mais la porte était à peine refermée qu'elle regagnait le canapé du salon et reprenait son rôle de victime en nous reprochant de lui avoir fait honte devant les voisins. Je me demande qui fout la honte à qui dans cette histoire. Bref. Je me suis réveillée aux aurores, incapable de me rendormir. Mon portable indiquait 5 h 49 quand mon corps s'est enfin décidé à se lever. J'ai enfilé un jean et un pull ample en vitesse, avalé un croissant en silence, sans même ramasser les miettes tombées sur le carrelage comme je le fais habituellement (ma mère ne supporte pas la vue d'une miette, imaginez un peu la vie qu'elle nous mène). Puis j'ai filé comme une voleuse. Mon sac était prêt, je voyage léger. Je me suis barrée sans me retourner, sans laisser de note à ma mère ni aux jumeaux. Que dalle. À leur réveil, je serai déjà trop loin pour que maman m'embête avec les restants de mon petit-déj' et que le duo Théo-Zoé me casse les pieds.

Je suis libre. La brise dans mes cheveux le confirme, l'écho de mes pas dans la rue quasi-déserte aussi, mais je ne le réalise qu'une fois entrée dans la gare de Lyon-Part-Dieu. Même si j'ai réservé mon billet de train avec la carte de crédit de maman, avec son accord et sous sa surveillance, j'ai l'irrésistible impression d'être en fugue. L'espace d'un instant, je suis dans la peau d'une version féminine d'Antoine, le protagoniste des *Quatre Cents Coups* de Truffaut. Ou mieux : Natalie Portman dans le film *Léon*. Pas d'assassins ni de Jean Reno en vue, tout est sous contrôle, je garde la Schweppes ! La liberté me donne soif, et j'apprends bien vite que dans une gare un besoin aussi primaire que celui-ci coûte cher. Je paie mon Fanta 3,50 € en râlant contre le pauvre caissier, même si je sais qu'en réalité il n'est aucunement responsable des prix imposés par le commerce qui l'emploie. Je m'en moque. Le client est roi et le client, c'est moi ; je fais ce que je veux. Personne ne va m'en empêcher, il n'y a aucun adulte à mes basques pour les cinq prochains jours. CINQ JOURS… SUIS-JE DANS UN RÊVE MERVEILLEUX ?!

Connaissant ma passion pour le cinéma, mes vieux n'ont pas eu trop de mal à gober mon intérêt soudain pour le théâtre. Ça leur a même paru assez logique que j'insiste pour assister au festival d'Avignon, surtout à l'annonce de la venue du romancier Jean-Benoît Dupré et de sa fille, l'énigmatique mais sympathique Flavie, avec qui la chimie avait si bien opéré. C'est maman qui a eu la tâche ingrate de demander l'autorisation officielle du paternel, et je dois dire que son interprétation a été brillante. Preuve qu'il n'y a pas que dans le rôle de la victime qu'elle peut s'illustrer avec brio… Ils m'ont bien posé quelques questions d'usage, pour la forme : Où seras-tu logée ? Combien de jours comptes-tu rester ? Le père de Flavie s'engage-t-il à garder un œil sur vous en permanence ? Je sentais qu'ils avaient des affaires autrement plus urgentes et préoccupantes à régler. Papa expliquait au téléphone qu'il devait prolonger son séjour à Lourmarin. Il avait de bonnes chances d'obtenir un plein remboursement des assurances, mais la partie n'était pas encore gagnée. Il a fini par autoriser mon « escapade culturelle », après une âpre discussion avec ma mère sur le montant minimum de blé qu'il faudrait me filer pour que je survive quelques jours dans une autre ville.

Le Fanta que je sirote a donc officiellement commencé à croquer mon budget. Je vais devoir faire gaffe si je ne veux pas me retrouver fauchée en deux jours, mais cette nouvelle autonomie pleine de promesses me gonfle d'une telle assurance que, l'espace d'un clignement de cils, me vient l'idée folle de faire faux bond à Flavie et de m'évanouir dans la nature. De partir à l'aventure sans destination précise. Mes yeux se posent sur le panneau lumineux annonçant les départs. La multitude des villes qui s'affichent sont autant de possibilités de voyages et ravivent un rêve que je caresse depuis des années… Je pourrais traverser la frontière et me rendre en Italie pour aller visiter la Cinecittà, les célèbres studios romains où ont été tournés les meilleurs films de Fellini. Peut-être même envisager y faire carrière ? D'accord, je ne parle pas un mot d'italien, mais qu'importe ! À ses débuts, Monica Bellucci parlait français avec un accent à couper au couteau et, à ma connaissance, ça ne l'a jamais empêchée de décrocher des rôles. Si elle a réussi à percer dans le milieu du cinéma français, je ne vois pas pourquoi je n'arriverais pas à me tailler une place sur les plateaux de tournage italiens… Au pire, je suivrai son exemple et j'épouserai un acteur ou un réalisateur pour me faire des contacts et connaître un certain succès. Je reviens rapidement sur terre. J'ai entendu trop d'histoires horribles sur des jeunes femmes d'Europe de l'Est qui quittent leur bled pour devenir mannequins et se retrouvent dans un sale engrenage de prostitution et de trafic humain. Ces histoires ne finissent jamais bien. Ça me refroidit direct. Je décide de m'en tenir au plan initial et d'aller rejoindre Flavie. Je me rends sur le quai indiqué sur le panneau des départs et grimpe dans le train, direction Avignon. Il sera toujours temps d'aller faire carrière en Italie quand je serai majeure, que j'aurai un diplôme en main et que mes vieux n'auront plus un mot à dire sur mon avenir. Ma sagesse m'étonne (et m'honore, je suppose).

8
Flavie

Poissons – votre horoscope du 10 juillet :
Votre audace et votre persévérance seront enfin récompensées même si les choses ne se déroulent pas forcément comme vous l'auriez espéré. Accueillez les petits ou grands imprévus de la journée avec le sourire.

Gare d'Avignon TGV, France

Elle ne viendra pas. C'est ce que je me répète en boucle depuis notre départ de Montréal, hier soir. Elle va me faire faux bond, c'est certain. Bon, pas « certain », mais c'est fort probable. Prévisible, même (quoi qu'en dise mon horoscope). Je n'ai pas l'habitude d'être aussi négative, mais le séjour de papa en Provence m'offre une occasion en or de renouer avec Clémentine et j'ai peur qu'elle décide de tout faire foirer pour le simple plaisir de se venger. Déjà, ça relève du miracle qu'elle ait répondu à mon invitation, moi qui croyais qu'elle ne daignerait plus jamais m'adresser la parole ni donner suite à mes courriels… Contre toute attente, elle a enfin osé rompre le silence de ma correspondance à sens unique. Sa dernière réponse m'a laissée perplexe. « Compte sur moi, Caribou ! » Je suis certaine que c'est elle qui l'a envoyé, parce que Clémentine est la seule personne au monde à m'appeler par le nom de cet animal qui, semblerait-il, représente bien le Québec aux yeux des Français. Je ne sais pas trop pourquoi d'ailleurs, il faudra que je lui pose la question si elle finit par se pointer. Ce dont je commence à douter quand je pense à son courriel étrangement expéditif. Ça ne lui ressemble pas, cette économie de mots. C'est louche !

Mon père et moi sommes plantés devant les écrans annonçant les arrivées. Le train en provenance de Lyon est entré en gare depuis une dizaine de minutes, à en croire les informations affichées. Elle ne viendra pas, c'est de plus en plus clair. Ma déception est cuisante. Je ne pourrai pas mettre mon plan à exécution, j'ai l'impression d'avoir fait tout ce chemin pour rien. Je me perds dans la contemplation des parois vitrées qui confèrent un aspect futuriste à la gare. Je ne suis généralement pas très sensible à l'architecture, me laissant davantage imprégner par l'atmosphère qui se dégage d'un lieu que par son allure, mais le design épuré de cet endroit me procure un semblant de sérénité. Je suis zen. Enfin, j'y travaille très, très fort.

– Putain ! Tu vas encore nous faire louper le train ! s'énerve une femme à quelques pas de nous.

Elle traîne son fils par le poignet, un gamin d'à peine huit ou neuf ans, en avançant d'un pas trop rapide pour les petites jambes de l'enfant. Malaise. J'échange un regard entendu avec mon père : alerte, mère indigne ! Jean-Benoît consulte sa montre d'un geste impatient.

– Bon. J'appelle un taxi.

– Non, pas tout de suite. Laisse-lui une chance. Elle devrait arriver d'une minute à l'autre.

Je dis ça même si je n'y crois plus. Si elle avait pris le train comme prévu, elle se tiendrait déjà devant nous en cet instant précis.

– On ne pourra pas l'attendre éternellement.

– Je sais, papa, je sais. Donne-nous encore deux minutes.

Jean-Benoît soupire. Énervé, mais résigné. Qu'importe, puisque le temps finit par donner raison à ma patience. En effet, quelques minutes s'écoulent avant qu'on ne vienne me tapoter l'épaule. Je me retourne : personne. Je pense : « Classique ! » en levant les yeux au ciel. Deux secondes après, l'apprentie humoriste apparaît enfin dans mon champ de vision. Clémentine dans toute sa splendeur…

– Caribou ! Trop contente de te voir !

Son expression n'en laisse pourtant rien paraître. Ou si peu. J'aurais envie de lui dire de passer le message à sa face, parce que, là, il n'est clairement pas arrivé jusque-là. En revanche je lui souris jusqu'aux oreilles pour lui demander des nouvelles.

– Comment ça va ?

– Oh ! En ce moment, ma vie est un Kinder, je te jure. C'est la merde.

Sa réponse me prend au dépourvu. C'est bête, je n'ai pas pensé à emporter un dictionnaire français-français. Comment ai-je pu oublier la barrière de la langue qui nous sépare ? Je m'esclaffe spontanément et les rôles s'inversent car, à son tour, elle ne comprend pas ma réaction. Je lui explique :

– Il va falloir faire un effort de traduction, Clémentine, parce que je comprends rien pantoute à tes expressions !

– Ça signifie que ma vie est pleine de surprises, comme les Kinder, quoi.

Élémentaire, mon cher Watson ! J'aurais pu y penser. Elle m'observe intensément, sans ciller. Ça me met mal à l'aise.

– T'as pas changé.

– Toi non plus.

C'est faux. En réalité, Clémentine est transfigurée (contrairement à moi, qui suis défigurée). Elle resplendit, malgré la mine faussement blasée qu'elle se compose. J'ai l'air d'une enfant à ses côtés. Une enfant avec beaucoup d'acné. Je vois bien qu'elle fixe mes plaques rougeâtres en se demandant si elle devrait aborder le sujet avec moi. Son malaise est palpable. Je pourrais presque entendre la roue de son petit hamster tourner sans répit dans sa tête. Je décide de prendre les devants, mais la présence de mon père me gêne. Je lui fais signe d'aller nous attendre au débarcadère de taxis devant la gare.

– Tu vois, quand je te parlais de la Loi du Triple Retour dans mes courriels, c'est à ça que je faisais référence… entre autres.

– C'est quoi ?

– Eczéma. J'ai tout essayé, rien n'y fait. Les médecins disent que c'est dû au stress, mais, moi, je pense plutôt que c'est le prix à payer pour avoir jeté un mauvais sort…

– Et tu crois que ça va disparaître comme par magie en retrouvant Grégoire ?

Sa question trahit son scepticisme. Si je ne la connaissais pas si bien, son ton me semblerait limite condescendant.

– Bah… je me dis que j'ai rien à perdre.

On observe un moment de silence, chacune perdue dans ses pensées. Je vois mon père battre l'air de ses bras pour nous ordonner de le rejoindre. Un chauffeur de taxi s'impatiente à ses côtés, lorgnant déjà vers d'autres clients. Pendant qu'on trottine jusqu'au débarcadère, Clémentine s'informe :

– Alors, c'est quoi, le plan ?

– On va commencer par aller déposer nos bagages à l'hôtel. Après, on verra…

– D'aaaaaccord. Donc, si je comprends bien, t'as encore rien prévu ?

Si je pensais m'en sortir en restant évasive, c'est raté. Clémentine exige un compte rendu détaillé.

– Oui, oui. J'ai tout prévu, mais le moment est mal choisi pour t'en parler.

Je fais mine de surveiller mes arrières, façon détective privé, en me disant que la simple présence de mon père devrait servir à justifier mon silence. Je mens comme un arracheur de dents. La vérité, c'est que je n'ai absolument aucune idée de la marche à suivre dans ce genre de situation. J'espérais avoir un éclair de génie dans l'avion, mais j'ai seulement eu droit à des éclairs tout court… Au diable l'organisation, vive la spontanéité ! Laissons-nous guider par notre instinct. Comme des acrobates sans filet, tiens ! L'image m'arrache un demi-sourire pendant que je me laisse choir sur la banquette arrière du taxi, à côté de mon père. Clémentine a tout juste le temps de refermer la portière que la voiture démarre. On n'a pas une seconde à perdre, et notre chauffeur l'a bien compris. On a rendez-vous avec notre destin ! Évidemment, je garde ce commentaire pseudo-ésotérique pour moi. Je viens à peine de retrouver mon amie, je n'ai pas envie qu'elle s'enfuie. J'ai juste hâte qu'on puisse parler en paix, loin des oreilles indiscrètes de papa et de celles (poilues) du chauffeur de taxi ! Heureusement, je n'ai pas à prendre mon mal en patience très longtemps. À notre arrivée à l'hôtel, Jean-Benoît est déjà attendu à la réception par l'un des coordinnateurs de l'événement. Bye-bye, papa ! Bon festival ! Il dépose ses bagages dans sa chambre, puis s'assure que Clémentine et moi avons tout ce qu'il nous faut dans la nôtre avant de courir à ses obligations d'auteur de renom. Mon pauvre papounet a l'air stressé de nous laisser seules dans une ville inconnue. Il m'a répété plusieurs fois qu'Avignon est l'une des villes les plus dangereuses de France en pensant me faire peur, mais je m'en fous un peu ; c'est à Lourmarin que j'ai l'intention de passer du temps.

Après son départ, Clémentine propose qu'on aille grignoter quelque chose. Ça fait mon affaire ; je suis affamée. Je n'ai pas réussi à avaler une seule bouchée du repas qu'on nous a servi dans l'avion, et le sandwich acheté dans le train goûtait le carton. On aboutit donc dans une espèce de café branché où l'on parvient à commander des croque-monsieur et des Coke au prix d'un effort considérable pour attirer l'attention de la serveuse, blasée au possible.

Elle sait d'avance qu'elle ne fera pas de pourboire avec deux ados. À quoi bon dans ce cas se fendre en quatre pour offrir un service digne de mention ? Quand je lui demande où est la toilette, elle se contente de pointer mollement le doigt en direction d'un écriteau « W.-C. ». Sans rire de moi comme Clémentine le fait habituellement quand j'utilise cette expression. Ça me rappelle cette fois où on s'était mis en tête d'aller siroter des cocktails. Clémentine voulait absolument boire un « Mint Julep » comme Daisy Buchanan dans *Gatsby le Magnifique* et, moi, je voulais la même chose… parce que je ne m'y connaissais pas tellement en mixologie et qu'aucun autre cocktail ne me venait en tête. Elle disait que j'avais l'air trop jeune et m'avait demandé d'aller me cacher le temps qu'elle commande.

– Le serveur arrive ! Allez, file aux W.-C. !

– Aux vécés ?!

– Aux toilettes !

Ce léger problème de communication avait failli faire rater l'opération, mais je m'étais éclipsée juste à temps. À mon retour du petit coin, Clémentine discutait avec un beau gars au teint basané. Yeux bruns, cheveux noirs, traits réguliers ; il me faisait penser aux princes des contes des *Mille et Une Nuits*, j'en ai déduit qu'il était marocain ou tunisien. Ça me plaisait d'y croire, en tout cas. Et ça m'épatait de croiser autant de pétards dans un si petit village !

(J'ai appris d'ailleurs à cette occasion, grâce à une Clémentine morte de rire, qu'on disait « canons » ici, et que c'était mieux pour ne pas se faire remarquer.) On se serait cru dans une téléserie américaine avec un casting irréprochable, du personnage principal au dernier figurant. Je me suis approchée et ma présence a semblé déranger le beau gars.

– Je dois filer. On m'attend, a-t-il dit en me voyant.

Clémentine l'a fixé d'un air faussement méprisant.

– Ça va, personne te retient…

– Tu m'étonnes. Allez ! À plus, Lyonne !

– On dit « Lyonnaise », crétin.

– Merci de confirmer ce que je pensais. « Lionne » te va mieux.

J'ai attendu qu'il s'éloigne avant de m'informer sur l'identité de l'intrus. Elle m'a répondu :

– Mehdi, un vieux pote de Greg. Sa famille habite la villa juste en face de la nôtre. Il est sympa, mais un peu lourd.

– Moi, je le trouve surtout vraiment *cute*.

Cette réplique m'avait échappé. J'aurais préféré la garder pour moi, mais je n'y pouvais rien, ma bouche verbo motrice en avait décidé autrement. Mon commentaire a inspiré une question à Clémentine. L'heure des confidences que j'attendais autant que je redoutais.

– T'as le béguin pour quelqu'un, là-bas, au Canada ?

– Au Québec, tu veux dire.

– Le Québec, c'est dans le Canada, non ?

– Oui, mais c'est immense, comme pays ! La France pourrait entrer genre… vingt fois dans le Canada.

– Je vois. Donc, t'as le béguin pour quelqu'un, là-bas, à Montréal, Québec, Canada ?

– Ha ! Ha ! Tu peux bien rire de moi, Lyonne !

– LYONNAISEUH !

J'ai pouffé de rire. Son accent m'amusait, mais c'était plus que ça. Notre complicité naissante me faisait l'effet d'une bouffée d'air frais. Ça faisait du bien de trouver enfin quelqu'un avec qui je pouvais niaiser sans me sentir jugée.

– De toute manière, on s'en fout, de la géographie ! Moi, ce qui m'intéresse, c'est d'en savoir plus sur ce garçon qui te fait craquer !

– Bon. Si je t'en parle, tu promets de garder le secret ?

– Bien sûr que oui ! À qui voudrais-tu que j'en parle ?

Même si j'ai pensé : « À Grégoire », il était absolument impensable que je prononce son nom. Pour qu'elle ne s'imagine pas que j'étais obsédée par lui, on ne sait jamais.

– Alors ? C'est qui ?

– Un gars de mon école. Il est en cinquième secondaire. Il s'appelle Shaun.

– Shaun ?! Tu déconnes ?

– Non, pourquoi ?

– Je parie qu'il a les cheveux bouclés…

– Ouais ! Comment t'as deviné ?

– Tu en pinces pour Shaun-le-mouton ? Pouahahahaha !

En voyant ma face de fille qui aurait voulu rire, mais qui ne comprenait rien à la blague, Clémentine a cru nécessaire de parfaire ma culture cinématographique :

– C'est un film d'animation fait par les mêmes créateurs que *Wallace et Gromit* et *Chicken Run*. Je crois qu'ils en ont même fait un livre pour enfants. C'est trop marrant !

– Jamais entendu parler. Mais, toi, tu trippes sur quelqu'un ?

L'expression l'avait fait sourire.

– Non. Je ne *trippe* pas sur personne.

– Il y a deux négations dans ta phrase, donc ça s'annule. Tu trippes sur qui ?

– Sur personne, je te dis !

– Je te crois pas.

– Ça, c'est ton problème, pas le mien.

J'ai fait la baboune dans l'espoir de toucher sa corde sensible. Entre ça et le chantage émotionnel, il n'y avait qu'un pas à franchir, et je ne me suis pas gênée pour l'enjamber allègrement.

– C'est pas juste ! Moi, je te révèle mon amour pour Shaun et, toi, tu me donnes rien en retour…

– Puisque je te dis que je kiffe personne ! Je ne vais tout de même pas inventer une histoire pour te faire plaisir !

– Pourquoi pas ?

– Où est l'intérêt ? Et puis, avec qui voudrais-tu que j'invente une histoire ?

– Avec Grégoire, peut-être…

TOUCHÉE ! Il ne faisait nul doute que je venais de mettre le doigt sur la corde sensible et de faire un gros nœud dedans. Elle s'est dépêchée d'en rire mais, désormais, son rire sonnait faux. J'avais découvert sa faille.

9
Clémentine

«Je sens, très cher,
que nous vivons le début d'une belle amitié.»
– Humphrey Bogart, alias Rick Blaine,
dans *Casablanca* (1942)

Avignon, France

Avant de partir pour Lourmarin, Flavie et moi avons convenu de voir un ou deux spectacles à Avignon, histoire de consolider notre alibi auprès de mes parents. Caribou a préféré mettre son père au parfum pour éviter les embrouilles. Moi, je m'en tiens encore et toujours à ma couverture initiale : le festival d'Avignon. Je prends bien soin d'inonder mon compte Instagram de photos et ma page Facebook de statuts dégoulinant d'enthousiasme :

OMG !!! Truc de ouf ! Spectacle ds 10 min & on est québlo dans la rue ! #FestivalAvignon #BainDeFoule

Assister à une pièce de théâtre dans un garage, ça déchire ! #FestivalAvignon #LesTroisCoups

Je doute que ma mère arrive à les décrypter, mais l'essentiel, c'est qu'elle y croie. Qu'elle soit convaincue que je suis bien là où je dois être chaque fois qu'il lui prendra l'envie d'aller m'espionner sur les réseaux sociaux. En vérité, je m'enivre autant des *like* qui s'additionnent que de l'ambiance survoltée du festival. C'est la fête, le carnaval. Partout où mon regard se pose, des hommes et des femmes maquillés, costumés, des quidams qui les observent, amusés. Je n'arrête pas de me répéter que j'ai accès à tout ce que la scène théâtrale a de mieux à offrir, mais je n'en réalise pas vraiment la portée. Perdue dans la foule, je profite de la frénésie pour prendre en rafale des dizaines et des dizaines de photos que je garde pour plus tard, quand nous serons à Lourmarin ; je continuerai de les publier pour créer l'illusion que nous n'avons pas quitté Avignon. J'ai tout prévu, quoi. (Note à moi-même : ne pas oublier de désactiver mon géolocalisateur.) Nous avons obtenu des billets gratuits grâce à Jean-Benoît. C'est à grand-peine que Flavie et moi nous frayons un chemin dans la foule vers le garage où se tient le spectacle, à deux pas du Palais des papes. Nous parvenons enfin à nos places, quelques minutes avant le lever du rideau. Des outils crasseux jonchent le sol parsemé de taches d'huile, les chaises sont atrocement inconfortables, il flotte un parfum tenace de diesel et de pneus. En temps normal, je me serais barrée fissa.

– Je ne me souviens même pas quand c'était la dernière fois que j'ai vu une pièce, me confie Flavie.

– Moi non plus. Ça doit faire une éternité !

Tandis que les trois coups sont frappés pour annoncer le début imminent de la pièce, le silence se fait et l'exaltation me prend aux tripes. Le trac et la fébrilité sont palpables. Je commence tout juste à prendre conscience de ma chance. Aujourd'hui, j'ai la pêche. Je suis heureuse, même. Ça me coûte de l'avouer, mais je ne m'étais pas sentie aussi bien depuis longtemps et c'est à Flavie que je dois ce moment de pur bonheur. Un simple coup d'œil en direction de Caribou me confirme qu'elle plane à peu près autant que moi. Un peu plus et on se mettrait à léviter comme deux fakirs indiens ! Un grognement se fait entendre, une voix grave surgie de nulle part. Quelques secondes plus tard, une porte au fond de la salle s'ouvre avec éclat. Je sursaute, Flavie aussi, comme la plupart d'entre nous. L'assistance retient son souffle. Un grand gaillard en bleu de travail passe d'abord la tête dans l'embrasure avant de se ruer vers nous d'un pas lourd, les sourcils froncés et le poing levé. Il s'arrête à notre hauteur, regarde un point invisible au-dessus de nos têtes, puis son attitude change du tout au tout. Le colosse ouvre le poing, paume tournée vers le haut, et contemple l'intérieur de sa main d'un air tristounet. De son autre main, il essaie de saisir délicatement ce qui s'y trouve, mais ses doigts sont boudinés, maladroits. Contre toute attente, il fond en larmes. Le garagiste aux tendances bipolaires peine à attraper la tige de la fleur broyée par sa poigne de fer. Il y parvient enfin et, la tenant par le pédoncule, tête à l'envers, entreprend d'arracher un à un ce qu'il lui reste de pétales.

– Elle m'aime un peu… Beaucoup… À la folie…

La scène est grotesque, tout le monde se marre. Sauf moi. Je rirais sans doute si la pauvre fleur ne me projetait pas dans l'un des souvenirs les plus marquants de mon enfance. L'un de ces moments qu'on vit sans savoir qu'il changera le cours de notre existence.

Je devais avoir six ou sept ans. Les jumeaux n'étaient encore que des bébés tout mignons, mais qui monopolisaient déjà toute l'attention de nos parents. J'étais un peu livrée à moi-même, mais je commençais à en avoir l'habitude ; les crises de jalousie étaient derrière moi. C'était mon deuxième été à Lourmarin. Le premier, je l'avais passé à jouer à la poupée dans les jupes de ma mère. Cette fois-ci, ce serait différent, j'en avais décidé ainsi. J'étais devenue une grande fille capable d'occuper ses journées, je testais mon autonomie et repoussais sans cesse les limites de ma liberté. Ma nouvelle activité préférée consistait à déjouer la surveillance parentale, ce qui, bien franchement, n'avait rien de bien compliqué. Il me suffisait de ne pas trop m'éloigner et de pointer le bout de mon nez lorsqu'on m'appelait. Ce matin-là, j'avais largement dépassé les frontières de mon terrain de jeu. Je m'étais aventurée bien trop loin pour entendre la voix de mon père ou de ma mère, mais je m'en fichais car j'avais une très bonne raison de prendre la clé des champs. J'avais aperçu un jardin foisonnant de fleurs aux couleurs flamboyantes et l'idée avait germé, puis poussé au point d'éclore sous la forme d'une obsession. Si j'offrais à maman un bouquet de ces merveilles à pétales, peut-être remarquerait-elle enfin ma présence. Peut-être prendrait-elle même le temps de me serrer dans ses bras et de me couvrir de baisers comme avant. J'en étais donc à cueillir des fleurs, les choisissant une à une avec amour et minutie. Je veillais à ne pas les abîmer en les arrachant. J'y avais passé la matinée, mon bouquet était si coloré, il faisait ma fierté. Maman ne pourrait faire autrement que me remercier pour cette douce pensée. Elle n'aurait d'autre choix que de réapprendre à m'aimer. Un groupe de gamins qui passaient par là m'ont rejointe en ricanant. Ils me dominaient d'une tête, ils étaient tous plus vieux et plus grands que moi. Une des filles semblait plus sympa, mais elle est restée muette tandis que ses amis s'emparaient de mon bouquet pour le piétiner gaiement. Malgré son silence et le rideau de larmes qui me voilait les yeux, il m'a paru évident qu'elle compatissait à mon malheur. Après leur départ, je suis restée plantée là comme une idiote à regarder les ruines de mon bouquet, le visage défait. Je n'ai pas la moindre idée du temps qui s'est écoulé. Tout ce que je sais, c'est qu'à un certain moment, j'ai senti une présence à mes côtés. Un garçon à la peau hâlée et aux cheveux noirs m'observait en silence. Il avait mon âge, mais il me faisait penser à un grand avec son regard doux et bienveillant. Je me suis tout de suite sentie en confiance avec lui. Sans dire un mot, il s'est penché et s'est mis à cueillir de nouvelles fleurs pour remplacer le bouquet perdu. Lorsqu'il a jugé la gerbe assez fournie, il me l'a tendue avec le plus beau des sourires. J'étais conquise. Ça m'était égal que son bouquet ne soit pas aussi varié que celui que j'avais mis toute une matinée à assembler. À mes yeux, il était plus que parfait. Du coup, même si j'avais retrouvé le cadeau de maman, il n'était plus question de le lui donner. Ce bouquet de fleurs n'avait pas de prix, puisqu'il m'avait été offert par mon futur mari. L'homme de ma vie. Grégoire. Greg-le-tombeur, avant qu'il ne devienne un beau parleur. En résumé, j'avais six ou sept ans, je ne connaissais pas grand-chose à l'existence, je ne savais rien de lui, mais je croyais au coup de foudre et j'avais une certitude : nous étions faits l'un pour l'autre. Dans ma tête d'enfant, c'était une évidence. Tout est si simple à cet âge, puis un jour on comprend que les contes de fées et la réalité sont deux univers très différents…

Un tonnerre de rires m'arrache à mes souvenirs. Flavie m'adresse un clin d'œil complice qui me laisse songeuse. Qu'est-ce que j'ai loupé ? Tant pis pour moi, je n'avais qu'à écouter. Les gens ont l'air de bien se marrer et, moi, je suis incapable d'en profiter, je suis à ressasser le passé. C'est plus fort que moi, j'angoisse grave à la perspective de revoir Grégoire. Vu ma propension légendaire à toujours échafauder les pires scénarios, je devrais m'estimer chanceuse que les mauvais souvenirs n'aient pas eu le temps de ressurgir aussi. Allez, interdiction formelle à mon esprit de vagabonder. J'ai le privilège d'être au festival d'Avignon, bordel ! Ce n'est pas parce que je suis à quelques dizaines de kilomètres de Lourmarin que je vais me laisser distraire. Je redescends les deux pieds sur terre, bien enracinés dans le moment présent. Le passé me rattrapera bien assez vite…

10
Flavie

Poissons – votre horoscope du 11 juillet :
Ne vous arrêtez pas à votre première impression.
L'habit ne fait pas le moine.

Avignon, France

Je suis réveillée par deux voix d'hommes en pleine discussion animée. Il me faut un certain temps pour comprendre qu'ils ne sont pas dans la pièce, mais à la télévision. Je mets encore plus de temps à comprendre où je suis et ce que je fais dans cette chambre à la déco démodée. Clémentine apparaît dans mon champ de vision et tout s'éclaire. Bon. Façon de parler, bien sûr, parce que les rideaux sont tirés et que la pièce est plongée dans l'obscurité. Ce que je veux dire, c'est que même si mon cerveau est ramolli par la fatigue et le décalage horaire combinés, il parvient enfin à reconstituer le fil de la journée d'hier. L'atterrissage à Marseille, le voyage en train, les retrouvailles avec Clémentine, le café, la pièce de théâtre au festival d'Avignon… Ce n'était pas qu'un rêve, mais c'en a tout l'air ! Si tout va comme prévu, ces quelques jours suffiront pour retrouver Grégoire et renverser le mauvais sort qu'on lui a jeté l'été passé. On pourra ensuite retourner à nos vies banales, sans culpabilité ni cauchemars. C'est trop beau pour être vrai. Je ne le réalise pas encore tout à fait.

Assise en indien sur son lit défait, Clémentine regarde un vieux film en noir et blanc. Elle est tellement concentrée sur la scène qui se joue à l'écran que c'est à peine si j'ose bouger, craignant de la déranger. J'étire quand même le bras vers ma table de chevet pour attraper à tâtons mon cellulaire. 11 h 08. L'heure qui s'affiche sur mon téléphone m'arrache un sacre bien senti qui n'échappe pas à mon amie. Elle se tourne vers moi la bouche en « O », faussement choquée par mon juron.

– Oh là ! Caribou est de mauvais poil !

– Hein ? Trop pas ! je proteste.

– Pardon, j'ai fait erreur. Caribou est en ta-ber-na-cle !

On éclate de rire. Je ne sais pas ce qu'il y a de si drôle, mais je ris à m'en fêler les côtes. La journée commence bien (si l'on fait abstraction du dicton « le monde appartient à ceux qui se lèvent tôt » parce qu'à cette heure-ci, il n'y a plus grand-chose qui m'appartient, même pas un village microscopique comme

Lourmarin) ! Clémentine et moi avions prévu de lever le camp au petit matin pour arriver le plus tôt possible au village. J'ignore pourquoi elle m'a laissée dormir, étant donné qu'on doit prendre un train, puis un bus, pour une expédition d'une durée totale de 2 h 29. Faut vraiment être motivé et ça tombe bien, on l'est. Mais, indépendamment de ma motivation et de ma volonté, je me sens peu reposée malgré mon réveil tardif. J'en glisse un mot à ma partenaire de chambre, qui a sa petite théorie sur le sujet :

– T'étais super agitée durant ton sommeil. Tu marmonnais des trucs incompréhensibles, tu bougeais sans arrêt. Tu brandissais même ton poing en l'air !

– Euh… t'en mets pas un peu trop, là ?

– Pas même un tantinet. Tu étais insupportable ! Je voulais te botter le derrière, je te dis pas.

– Tu l'as fait ?

– Non, mais j'ai menacé de te faire dormir par terre, sur la vieille moquette qui pue. Ça a fonctionné.

Clémentine sourit de toutes ses dents, fière de sa psychologie à cinq cennes. Le moment me semble bien choisi pour lui poser la question qui me ronge depuis nos retrouvailles à la gare, hier.

– Clem, quand tu dis que ta vie, c'est de la merde… Qu'est-ce qui se passe ?

– Bah, c'est une façon de parler. Une expression, quoi.

– Je sais, mais t'avais l'air de dire que, de ton côté, c'a été pas mal le chaos cette année…

– Chaos, tu dis ? Le mot est faible ! Mes parents se font la gueule, ma mère, plus dépressive, tu meurs, mon frère et ma sœur m'ont déclaré la guerre, le proviseur du lycée me fait la morale chaque fois que je le croise… Et je te parle pas de mes potes et de leurs fréquentations douteuses, de toute manière elles m'ont toutes laissée tomber pour aller barboter dans la piscine de leurs parents. Sans oublier les sautes d'humeur de ma cousine, dont je me passerais bien, mais qui est la seule personne qui me reste si je veux pas rester enfermée chez moi… Ma vie craint !!!

– Ah oui, je vois, c'est pas terrible.

– Et c'est pas nouveau, remarque, mais on dirait que ça ne fait qu'empirer.

Après un petit silence, je me lance à mon tour :

– Je te demandais parce que, de mon côté aussi, c'est l'enfer, et je commence à me dire que c'est peut-être le retour du balancier…

– Pardon ?

– En magie, il y a une loi qui dit que « quiconque fait du mal à autrui par le biais de potions ou d'incantations malveillantes s'expose à être puni par trois fois ». C'est la Loi du Triple Retour.

– Mais qu'est-ce que tu racontes encore ? En quoi ça nous concerne ?

Clémentine est l'incarnation de l'incrédulité. Il faut vraiment TOUT lui expliquer.

– Ben, ça me semble évident ! On a jeté un sortilège à Grégoire et BAM ! notre vie est devenue un calvaire.

– Ouais, bon… C'est vrai que dit comme ça…

– Mais c'est clair, voyons ! Limpide comme de l'eau de roche !

– Oh, je vois. Clair comme de la vodka, ah ah ! Et je peux savoir en quoi ta vie est un enfer, chère victime de la Loi du Triple Retour ?

J'hallucine ou elle me met au défi de déballer pires malheurs que les siens ?

– Disons que… j'avais déjà pas beaucoup d'amis avant, mais là, avec ma face de Gollum, ça ne va pas en s'améliorant. Même les profs me dévisagent à cause de mon eczéma !

– Flavie, ce n'est pas si terrible que tu le penses. Avec ton maquillage, on n'y voit que du feu. Enfin… pas du feu, le mot est mal choisi. On voit que dalle, je t'assure.

– Merci. T'es fine de me mentir, ça prouve que t'es une véritable amie.

Clémentine m'envoie un bec soufflé, l'œil taquin.

– Allez ! C'est pas la fin du monde, tes problèmes de peau ! Et je te garantis qu'il n'y a pas de magie derrière ça. C'est même plutôt généralisé à notre âge, si tu vois ce que je veux dire.

– Peut-être, mais il y a autre chose… Ma mère a foutu le camp en Inde pour une durée indéterminée. On l'exaspérait trop, mon père et moi.

– Oh, je suis désolée. J'ignorais pour ta mère. Mais elle va revenir, hein ! Faut pas que tu t'en fasses comme ça.

– Ça va, t'inquiète. Si je te confie ça, ce n'est pas pour faire pitié, c'est pour que tu comprennes mieux pourquoi je suis ici.

– Et pourquoi donc es-tu ici ?

– Pour que ça arrête ! La culpabilité, les remords, les cauchemars… Je dors tout croche, ça, tu le savais déjà. J'ai du mal à m'endormir et quand j'y arrive, je fais des mauvais rêves. Presque toujours le même cauchemar. C'est assez flou, je ne m'en souviens jamais très bien au réveil, mais je suis sûre et certaine qu'il se passe à Lourmarin.

– À Lourmarin ? Pourquoi ?

– Parce que c'est là que tout a commencé. J'ai cherché dans un dictionnaire d'interprétation des rêves la signification du miroir brisé. Ça disait quelque chose comme : « Trahison. Querelle. Relation rompue. » Mon subconscient essaie clairement de me convaincre de réparer les pots cassés !

– C'est une hypothèse. Mais réparer les pots cassés avec… qui ?

– Avec lui. Avec toi. Je me sens tellement mal pour ce qu'on lui a fait ! Et pour ce que je t'ai fait, aussi. J'haïs la personne que je suis en train de devenir, pour vrai ! Et je suis sûre qu'au fond de toi, tu m'haïs aussi.

– Mais qu'est-ce que tu racontes ?! Je ne te déteste pas, voyons ! C'est quoi, cette histoire ?

– Tu ne me donnais pas de nouvelles de toi. J'étais persuadée que tu m'en voulais encore pour Grégoire. J'avais besoin de te revoir, de savoir que tu n'étais pas aussi fâchée contre moi que la petite voix dans ma tête essaie de me le faire croire.

– Flavie, rien de ce qui s'est passé le soir du 14 juillet n'est de ta faute.

– Mais peut-être que je l'avais un peu cherché ? Peut-être que mon attitude prêtait à confusion ? Et pour le sortilège, c'est moi qui ai eu l'idée…

– Je ne t'en veux pas pour ça, voyons.

– Moi, oui ! Je m'en veux à mort !

J'éclate en sanglots, comme ça, sans prévenir. Maudites hormones ! La fatigue, le stress et le décalage ont fait de moi une bombe à retardement. Fallait s'attendre à ce que ça explose à un moment ou un autre. Et à bien y penser, je préfère exploser dans l'intimité de ma chambre d'hôtel que de me donner en spectacle dans la rue ou dans n'importe quel lieu public. Je sens les bras de Clémentine se refermer sur moi pour me faire un câlin. Son étreinte, d'abord hésitante, se fait plus enveloppante. Je m'y abandonne, laissant couler mes larmes sur son épaule réconfortante durant de longues minutes avant de me ressaisir complètement. Bon, fini le niaisage. Ça m'a fait un bien fou d'évacuer le trop-plein d'émotions qui bouillonnait en moi, maintenant ça suffit. Assez perdu de temps à brailler ! On ne doit pas perdre de vue notre objectif de la journée. Je saute dans la douche sans plus attendre et entreprends de me laver à la vitesse de l'éclair. (Note à moi-même : ne plus utiliser cette expression. Trop de mauvais souvenirs y sont rattachés.) Je disais donc : je me lave à la vitesse de la lumière, ou du son, bref, à toute allure, puis me sèche et m'habille en un temps record. Lorsque je sors de la salle de bain, Clémentine est déjà prête. On dira ce qu'on voudra sur notre manque d'organisation, ça ne change absolument rien au fait qu'elle et moi, on forme un duo d'enfer. Tandis que mon amie referme derrière nous la porte de notre chambre, je me dirige vers celle de Jean-Benoît.

– Je vais aller avertir mon père qu'on s'en va.

– Ton vieux est déjà parti depuis un moment.

– Comment tu sais ça ?

– Il est venu te faire un coucou avant son départ. J'ai pas osé te réveiller à cause des cauchemars et du kickboxing nocturne.

– T'aurais dû me réveiller, quand même. Il est super tard !

– Mais nooon. On doit le retrouver au café branché pour dîner.

– Mais midi, c'est dans une demi-heure, on a le temps d'aller nulle part !

– Du calme, du calme ! On le rencontre vers 19 h. Qui t'a parlé de midi ?

– Euh ! toi. Tu as dit qu'on était censées dîner avec lui.

– Ben ouais ! Dîner comme dans « repas du soir », quoi !

– Ah ? Fallait le dire plus tôt.

Cette mini-subtilité m'échappera toujours. Ça ne me rentre tout simplement pas dans la tête qu'on puisse « dîner » le soir. Au-delà de cette nuance linguistique, quelque chose continue de me tracasser. Je reste pensive.

– Mais là ! es-tu certaine que mon père a bien compris et qu'il ne nous attendra pas à midi ?

– Oui, oui. C'est nickel, je te dis.

Je décide de lui faire confiance. Après tout, mes intentions n'étaient pas un secret pour papa ; il connaît nos plans, officiels du moins : retrouver des amis à Lourmarin. Je suis restée assez évasive quand je l'ai informé de notre intention de nous y rendre, Clémentine et moi, mais je ne vois pas pourquoi il m'interdirait d'y aller. Dans les rues pavées, nous retrouvons la même ambiance survoltée et la même foule que la veille. Pas facile de circuler ! La marée humaine est dense et indisciplinée, mais, chose surprenante, on finit par atteindre la gare de l'autre côté des remparts sans ecchymose ni égratignure, ce qui n'est pas un mince exploit. Décidément, la chance est de notre côté ! Dans le grand hall, le panneau des départs nous informe que le prochain train en partance pour le coin du Luberon où on se rend entrera en gare dans quelques minutes. On a tout juste le temps de faire un détour par les guichets automatiques de la billetterie, puis de courir jusqu'au quai pour grimper à bord, tickets pour Cavaillon en main (et quelques euros en moins). Une fois là-bas, il ne nous restera plus qu'à prendre le bus pour Lourmarin, puis à retrouver Grégoire. « Plus que », façon de parler, oui ! En théorie, notre stratégie fonctionne à merveille, mais en pratique ? Rien n'est moins sûr parce que ma planification s'arrête là. Ce qu'on lui dira quand on se tiendra devant lui ? Je l'ignore. Ce qu'on fera s'il ne veut rien entendre ? Je donne ma langue au chat. Bref, tout ça reste plutôt abstrait et, franchement, je préfère ne pas trop y penser pour l'instant. On a encore du mal à aborder le sujet, Clémentine et moi. J'aurai une bonne heure de réflexion à ma disposition durant le trajet d'autobus, ça devrait suffire pour élaborer un premier plan d'action. Tandis qu'on remonte l'étroite allée du wagon à la recherche des meilleurs sièges – accrochant quelques coudes et têtes de voyageurs au passage –, je me rappelle combien j'aime prendre le train. J'en ai rarement l'occasion au Québec, où je sors peu de la ville. J'ai bien l'intention de profiter à fond des journées à venir. Je décrète d'ailleurs que mon statut de touriste m'accorde le privilège de m'asseoir près de la fenêtre, n'en déplaise à Clémentine. J'adore regarder le paysage défiler. Ça me fait un bien immense de voir autre chose que des ruelles et des gratte-ciel. Je suis une vraie citadine, une Montréalaise dans l'âme, comme papa. N'empêche que ce n'est pas un hasard si on s'est retrouvés en famille à Lourmarin, l'été dernier. Bien sûr, ma mère avait été attirée par la promesse d'une retraite paisible dans la campagne provençale avec ses paysages lumineux de vignes, d'oliviers et d'amandiers, et plus précisément, dans ce charmant village aux rues étroites bordées de fontaines et aux placettes où il fait bon s'asseoir à l'ombre, un livre à la main, un rafraîchissement dans l'autre. Les photos sur Google suffisaient à nous faire saliver. Il faut reconnaître qu'on n'a pas été très difficiles à convaincre, elle et moi. Mon père avait visé juste : toute la famille y trouverait son compte. Alors que la plupart des touristes étrangers vont s'émouvoir sur la tombe du célèbre romancier Albert Camus, Jean-Benoît, lui, s'offrait un pèlerinage à la mémoire d'Henri Bosco, un auteur qu'il vénère, moins connu du commun des mortels. Je crois d'ailleurs que c'est aussi ce qui plaît à papa : ne pas avoir à partager son idole avec le reste du monde. À l'entendre, sa fascination pour l'œuvre de Bosco n'appartient qu'à lui (et à quelques autres intellectuels aux références obscures). Selon papa, Henri Bosco était un sorcier qui s'ignorait. Il avait eu le malheur de naître à une époque où la religion primait, avalant tout sur son passage, mais en réalité il croyait aux énergies de la terre bien plus qu'aux forces célestes. Combien de fois ai-je entendu Jean-Benoît le citer ? Quand un ou une journaliste lui demande d'expliquer sa démarche artistique, mon père esquive toujours la question de façon nébuleuse en lui empruntant ses mots : « Pour que les reflets (de la poésie) soient bien vivants, pour qu'ils s'animent, il faut mettre l'âme en présence de ces points magnétiques du monde qui, par leurs radiations, excitent le plus intensément les puissances intérieures : la terre, les bêtes, le vent, l'eau, le feu, l'air, certaines créatures privilégiées, intermédiaires étranges entre nous et l'inconnu. » C'est ici que le ou la journaliste choisit généralement de mettre un terme à l'entrevue. Et parce qu'il ne fait jamais les choses comme les autres, papa dit également que son roman préféré est l'un des plus méconnus, soit *Le Sanglier*, le deuxième roman publié d'Henri Bosco. Je ne l'ai pas lu, mais c'est tout comme, puisque Jean-Benoît s'en est beaucoup inspiré et qu'il en parle régulièrement. Il m'énerve, des fois, avec ses références poussiéreuses, mais je dois reconnaître que c'est grâce à lui et à Henri Bosco que j'ai pu découvrir ce petit coin de paradis et, rien que pour ça, ils ont droit à ma reconnaissance éternelle. Si je n'avais pas mis les pieds à Lourmarin, dans les décors de Bosco, je n'aurais jamais rencontré Clémentine et Grégoire. Et ma vie ne serait certainement pas ce qu'elle est aujourd'hui…

*
* *

Ce « cher » Grégoire Gréco. La première chose que j'ai pensée en le voyant entrer dans mon champ de vision, avant même de le rencontrer, c'est : « Tiens, ce doit être ça, la version française du *douchebag*. » Il ne faisait rien de particulier sinon attendre au coin d'une rue, adossé contre le mur d'un édifice, son iPhone devant lui comme un miroir. Il se prenait en selfie et se la jouait un peu trop à mon goût. Ça m'a fait grimacer, je le trouvais ridicule avec ses vêtements griffés et son attitude assurée de conquérant qui semblait dire : « Ceci est MON iPhone, MON mur, MON village. » On devinait tout de suite qu'il venait d'une famille aisée. Une famille qui l'élevait fort probablement comme un prince. Ça m'énervait qu'il en fasse l'étalage de façon aussi désinvolte, effrontée. On aurait dit qu'il guettait son effet sur les gens, comme s'il avait toujours été le centre du monde. J'ai pensé qu'il devait être enfant unique, et la suite m'a donné raison.

Ce jour-là, il était seul et avait l'air de celui qui n'en a pas l'habitude. L'air de celui autour duquel les autres gravitent comme de stupides satellites. Il n'était pas un astre quelconque. Non. Il était le nombril de la galaxie. Je ne le connaissais même pas encore (c'était quelques jours avant que Clémentine me le présente) qu'il me tapait déjà sur les nerfs. Je me trouvais un peu sévère de penser comme ça, mais que voulez-vous, je suis ainsi : intransigeante, sans compromis. Clémentine, elle, m'a fait une tout autre impression. Je crois qu'elle m'intimidait autant que Grégoire, mais pas de la même façon. D'ailleurs, je n'aurais jamais pensé que ces deux-là étaient des meilleurs amis. Encore moins que Clémentine en pinçait pour lui… C'est quoi, cette expression, « en pincer pour lui » ? La France commence vraiment à déteindre sur moi. Peut-être parce que je m'y sens chez moi. Je redécouvre les paysages, les odeurs, les accents avec une forte, une incontestable sensation de déjà-vu. Bon, c'est vrai que j'y suis venue une fois, mais c'est plus que ça. Comme si j'y avais vécu dans une autre vie. À l'époque, je croyais déjà à la réincarnation et j'y crois toujours. Il me semble absolument inconcevable que notre existence se résume à quelques décennies, sachant que le monde est millénaire et que l'Homme habite la Terre (et la détruit, mais ça, c'est une autre histoire…) depuis six ou sept millions d'années. Comme en magie, tout est une question de transfert d'énergie. La vie est un cycle. La fin n'est que le début. Enfin, c'est mon opinion, je me trompe peut-être, mais ça me console d'y croire. Parlant de transfert et de fin de cycle, nous voilà déjà à Cavaillon pour notre correspondance jusqu'à Lourmarin. Plus qu'une heure et nous y serons.

11
Clémentine

« Vous voulez connaître la vérité,
mais vous n'êtes pas capables de la supporter ! »
– Jack Nicholson, alias colonel Jessup,
dans *Des hommes d'honneur* (1992)

Lourmarin, France

Le bus fait un bref arrêt pour nous permettre de descendre à l'entrée du village. Mon cœur se serre à la vue de ce décor familier si enchanteur. Le panorama est à couper le souffle ; je suis à la fois rassurée et troublée de constater qu'il exerce toujours la même fascination sur moi. Ça me fait tout drôle de revenir ici… J'ai l'impression d'avoir quitté Lourmarin hier matin et, pourtant, je me sens étrangère à cet univers qui a continué d'évoluer en mon absence. Comme si un mur s'était érigé entre mes souvenirs et moi, comme si le temps avait fait son œuvre pour m'en exclure.

– Alors ? On fait quoi ?

La voix de Flavie me tire de mes pensées. Je sursaute, ce qui lui arrache un hoquet satisfait. Je lui retourne la question :

– À toi de me le dire. Je croyais que tu avais un plan ?

– Ouais, j'en ai un, mais… disons que j'sais pas vraiment par où commencer.

– Waouh. Tout un programme. Ça promet.

Mon sarcasme atteint sa cible, à en juger par l'expression de Flavie, visiblement piquée par mes railleries. Elle ouvre la bouche pour répliquer, se composant un air digne malgré ses épaules affaissées. J'ai sans doute été un peu raide, je n'ai pas voulu la blesser. N'empêche qu'on est désormais à égalité. 1-1. Match nul. En tant que guide non officielle, je décide de prendre les devants en marchant vers le centre du village. Après tout, ce n'est pas en restant plantées là comme des statues de sel que nous obtiendrons des réponses à nos questions, encore moins que nous réparerons le tort causé à Grégoire. Greg-le-tombeur. Le mec le plus craquant qu'il m'ait été donné de voir.

Mon impatience de le revoir est à la hauteur de mon appréhension de ce moment tant espéré. Il ne se doute certainement pas du rôle que nous avons joué dans son accident. Je n'ai même pas la certitude, comme Flavie, que nous ayons véritablement quelque chose à nous reprocher. Comment réagira-t-il en me voyant ? Après tout ce temps, s'excusera-t-il de m'avoir blessée ? Greg-le-tombeur doit avoir bien moins de succès avec les filles depuis ce fameux soir… Ose-t-il encore draguer, donner de faux espoirs aux nanas depuis que son visage et son corps portent les traces du mauvais sort ? J'en doute fort, mais, à ce stade-ci, je préfère m'attendre à tout, voire au pire. Du coin de l'œil, je perçois un mouvement à ma gauche. Un magnifique matou au pelage roux s'éloigne au détour d'une rue. Sa tête et son flanc sont marqués d'une tache blanche bien distincte. Se pourrait-il que ce soit lui ? J'ai du mal à en croire mes yeux.

– Rhubarbe ! RHUBAAARBE !

– Après qui est-ce que tu cries comme ça ?

– Après mon chat.

– Hein ?

– RHUBARBE ! Attends-moi !

Le minet s'enfuit, se voyant poursuivi. Mais qu'est-ce qui lui prend de se sauver ? Il n'a donc pas reconnu ma voix ? Moi qui l'ai vu grandir et qui l'ai nourri quand il n'était qu'une petite boule de poils sans défense ! Peut-être m'en veut-il de ne pas l'avoir retrouvé à temps, à la fin de nos dernières vacances d'été. Je m'en suis terriblement voulu de l'avoir laissé derrière moi, mais, malgré tous mes efforts, mes parents n'ont rien voulu entendre. Pire, ils m'ont reproché de ne pas les avoir écoutés ! C'est vrai, j'aurais dû accepter de le faire garder par ma tante comme ils l'avaient prévu. J'avais insisté pour que Rhubarbe nous accompagne, ne pouvant me résoudre à l'abandonner à Lyon durant une si longue période. Il aurait été entre de bonnes mains avec Suzie, j'en suis persuadée. C'est de ma cousine Alizée que je me méfiais (et avec raison, j'en suis sûre)... J'ai donc préféré l'emmener, quitte à l'enfermer dans sa minuscule cage de transport pour lui faire subir le trajet Lyon-Lourmarin à bord de notre monstre de tôle ambulant, entre deux singes turbulents. Le voyage s'est plutôt bien déroulé, vu les circonstances, c'est l'adaptation à la campagne qui a été plus ardue. Rhubarbe n'avait pas autant de liberté qu'en ville, car je craignais qu'il perde son chemin et ne me retrouve plus. C'est ce qui lui est finalement arrivé. Malgré mes précautions, j'ai dû me résigner à rentrer à Lyon sans lui à la fin de l'été, les yeux bouffis d'avoir trop pleuré. Je croyais l'avoir perdu à tout jamais et je ne pouvais me le pardonner. Comme si une parcelle de mon âme et de mon cœur était restée à Lourmarin avec lui. Ce terrible et formidable été ne m'a pas laissée indemne, et c'en est une des raisons. J'en suis revenue métamorphosée. Flavie aussi, je suis prête à le parier.

J'entends les halètements de Caribou qui court derrière moi, tâchant tant bien que mal de me rattraper. Je ne vais pas ralentir pour lui faire plaisir ; j'ai enfin la chance de mettre le grappin sur ce chat qui m'a tant manqué. Pas question que je le laisse filer, cette fois. En acceptant de le suivre à travers les petites rues escarpées où les habitations s'alignent à flanc de montagne, je renonce à mon titre de guide et c'est tant mieux. Je me sens libérée d'un poids énorme. Je suis légèèèèèère, lalalalèèèère ! Jusqu'à ce que je comprenne où je suis, alors que Flavie me rejoint, à bout de souffle. Devant nous se dresse une petite habitation, modeste mais bien entretenue. Une maisonnette devant laquelle je suis passée des centaines de fois sans jamais m'arrêter, de peur de voir la légende se concrétiser. Les mioches du village racontent que ses propriétaires ont vécu l'enfer de la Seconde Guerre et ne s'en sont jamais totalement remis. Ils étaient aussi dérangés l'un que l'autre : l'homme, un ancien lieutenant ayant dirigé ses troupes vers une mort certaine, la femme, une ancienne infirmière ayant soigné les blessures des combattants et vu les pires atrocités sur les champs de bataille. Les rumeurs rapportent également que l'homme était un sadique insensible qui maltraitait sa femme, furieux de n'avoir jamais eu d'enfant pour assurer sa descendance. Selon la légende, toujours, il aurait succombé plusieurs années plus tard aux mains de sa femme, qui l'aurait étranglé sous le coup de la folie. Son spectre hanterait désormais les lieux et s'en prendrait à quiconque se lie d'amour ou d'amitié avec son épouse assassine. Bref, mon chat nous a conduites jusqu'à la Foldingue, toujours vivante, apparemment, puisque ce traître de chat s'est réfugié dans ses bras et se laisse à présent couvrir de caresses, que la vieille dame lui prodigue généreusement. On pourrait presque entendre le filou félin ronronner de satisfaction à l'idée de nous avoir sous la patte, elle et moi, sa nouvelle et son ancienne maîtresse. JUDAS ! Je préfèrerais m'être trompée, tout compte fait. Croire que ce n'est pas Rhubarbe, mais un autre minou roux qui lui ressemble à s'y méprendre. Son clone diabolique, par exemple.

– Enfin, vous voilà ! Que puis-je faire pour vous, mesdemoiselles ?

– Euh ! rien. On s'est trompées de chemin, c'est tout. Désolées de vous avoir dérangée, répond promptement Flavie avant de faire volteface.

– Oh, mais vous ne me dérangez pas. Je vous attendais. La Papesse et l'Impératrice !

Flavie et moi échangeons un regard perplexe, les sourcils froncés, histoire de nous assurer que nous avons bien entendu.

– C'est… c'est une blague, pas vrai ? avance Flavie en se retournant pour faire face à la Foldingue.

– Mais pas du tout ! Je savais que vous me rendriez visite un de ces jours. Je ne savais tout simplement pas que ce jour était venu.

– Je crois que vous nous confondez avec d'autres personnes.

Devant la logique de mon hypothèse, la vieille dame éclate d'un rire cristallin que j'aurais trouvé charmant en d'autres circonstances. Venant d'elle, cet éclat de joie ne peut que m'inspirer une certaine méfiance.

– Seriez-vous en train d'insinuer que je deviens sénile, mademoiselle Joubert ?

Je m'empresse de démentir son affirmation pour ne pas lui avouer le fond de ma pensée.

– Non, non… p-p-pas le moins du monde.

– Comment elle connaît ton nom ? chuchote Flavie à mon intention.

Je me contente de hausser les épaules, à défaut d'avoir une explication plausible à lui fournir et, surtout, à défaut de pouvoir lui raconter l'histoire de celle qu'on surnomme…

– La Foldingue, c'est bien comme ça qu'on m'appelle, n'est-ce pas ?

– …

– N'allez surtout pas croire que j'ignore ce qu'on dit à mon sujet ! Je ne suis pas née de la dernière pluie, mes jolies. Mais rassurez-vous, à mon âge, ces ragots ne m'atteignent plus. Au contraire, je suis flattée qu'on m'accorde une telle importance dans le village. Cette histoire est, ma foi, fort romanesque. Alimenter les légendes d'un patelin comme Lourmarin, ce n'est pas rien !

Encore ce rire cristallin surgi de nulle part, comme

la mélodie d'une boîte à musique qu'on aurait ouverte sans crier gare. Cette femme devrait me glacer les os, pourtant je ne peux m'empêcher de ressentir une vague forme de sympathie à son égard. En dépit de la présence de son (mon ?) chat, la Foldingue me paraît cruellement seule. Elle ne mérite sans doute pas toutes les horreurs qu'on raconte à son sujet, après tout. Ou peut-être que si ? Mais je n'ai pas l'intention de le découvrir aujourd'hui. Après tout, ce n'est pas ce qui nous amène ici.

Caribou détecte (et partage) manifestement mon malaise, puisqu'elle fait une tentative pour nous sortir de l'embarras.

– On devrait peut-être y aller. Mon père nous attend…

Son mensonge est si peu convaincant qu'il est aussitôt rejeté du revers de la main par la vieille dame.

– Il peut bien attendre un peu. Vous avez l'air affamées, je viens tout juste de préparer une bonne ratatouille et il me reste une ou deux portions de soupe au pistou. Je ne mangerai pas ça toute seule ! Me ferez-vous l'honneur de vous joindre à moi pour le repas ?

La Foldingue doit être encore plus seule que je ne le pensais pour vouloir à ce point à casser la croûte en compagnie de deux adolescentes en mal d'aventures et de sensations fortes. Flavie est sur le point de flancher, à en juger par son hésitation.

– Ben, c'est vrai que je meurs de faim… Pourquoi pas ! Clémentine, tu en dis quoi ?

Je tente de me composer un sourire franc, et finis par décréter :

– Moi aussi, je meurs de faim !

– Merveilleux ! Entrez, mes petites, et je me ferai un plaisir de répondre à toutes les questions qui vous taraudent. Je connais ce village et ses habitants mieux que quiconque. Je vous promets que vous ne le regretterez pas.

Ça, ça reste à prouver.

Assise sur le canapé de madame Rose – ou de madame Rosa Eisenberg, comme en témoigne le nom gravé sur une enveloppe qui traîne sur la table –, je caresse Rhubarbe avec nostalgie, une boule compacte coincée en travers de la gorge. Une foule d'images me reviennent, des souvenirs épars mettant en scène mon ancien compagnon à poils.

Je repense à ce soir, ou plutôt à cette nuit où Flavie avait exprimé son désir d'aller regarder les étoiles. Ça ne me disait rien qui vaille, mais elle était si enthousiaste et avait tellement insisté que j'avais fini par céder. Ç'aurait été moche de la décevoir. Après tout, elle avait l'avantage sur le choix des activités, à titre de touriste. Caribou disait s'y connaître en astronomie et vouloir me montrer les constellations. Ainsi soit-il !

Ce n'est qu'en la retrouvant à la jonction de nos deux rues, après m'être évadée de la villa familiale telle une fugitive professionnelle, que j'ai compris la véritable raison de cette escapade nocturne.

– Regarde la lune.

Elle était pleine. Flavie n'avait pas choisi cette soirée au hasard. J'ai pensé : « Petite sorcière, va ! » en réalisant que si elle m'avait convoquée un soir de pleine lune, c'était qu'elle avait une idée derrière la tête. Nous avons marché jusqu'à l'oliveraie, près du château, puis repéré une zone plus clairsemée. Nous nous sommes étendues dans l'herbe fraîche. J'avais la chair de poule, mais je n'aurais su dire si je devais blâmer la pelouse ou remercier la splendeur de la voie lactée. Il y avait une éternité que je ne m'étais pas arrêtée pour observer le ciel. En vérité, je ne me souvenais pas l'avoir déjà fait. Cette immensité me donnait le vertige, mais ce n'était pas désagréable. Au contraire. Une surprenante, divine sensation de bien-être m'a envahie.

– Tu vois les trois étoiles qui forment un grand triangle, juste au-dessus de nous ?

J'ai acquiescé.

– C'est le triangle de l'été. Chacune de ses trois pointes correspond à une constellation différente. Deneb appartient à la constellation du Cygne, Altaïr, à celle de l'Aigle et la troisième étoile du trio, Véga, fait partie de la constellation de la Lyre. C'est la plus brillante dans le ciel, à ce temps-ci de l'année. Son nom veut dire « vautour qui plonge » en arabe. À cause de la précession des équinoxes, elle reprendra la place de l'étoile Polaire dans un peu plus de 10 000 ans. Une fois que tu as repéré les trois oiseaux célestes qui composent le triangle de l'été, tu peux facilement apercevoir d'autres constellations. C'est un bon point de départ si tu ne t'y connais pas trop en astronomie.

Eh bien ! Si je m'étais attendue à un cours d'astrophysique avancé ! Flavie a poursuivi, le doigt tendu vers la voûte étoilée.

– Et quelque part par-là, très haut dans le ciel, se trouve la très grande constellation d'Hercule. Elle représente un homme à la force extraordinaire, mais elle est difficile à localiser parce qu'elle n'est pas très visible. C'est d'ailleurs pour cette raison que je l'aime autant : pour le défi. Mais ma constellation préférée, c'est celle de Cassiopée, la belle reine d'Éthiopie.

– Dis donc ! C'est vrai que tu t'y connais en astronomie.

– J'ai participé à un camp spatial, un été.

– T'es allée dans l'espace ?!

– Non. Je suis allée au Cosmodôme de Laval.

Elle a précisé :

– C'est en banlieue de Montréal.

– Je vois. Un peu moins dépaysant que le cosmos, quand même.

– À peine !

Nous avons passé le reste de la soirée à tourner sur nous-mêmes pour nous étourdir, le nez au ciel. Nous tournions jusqu'à en perdre pied. Jusqu'à en perdre haleine, aussi. Puis, exténuées, nous nous sommes à nouveau étendues dans l'herbe qui, je l'espérais, avait été épargnée par la ronde territoriale des chats et des chiens du voisinage. C'est alors que j'ai vu surgir Rhubarbe, mon adorable minet roux. J'étais furieuse, non pas de le voir, ça, jamais, mais de savoir qu'un membre de ma famille l'avait laissé sortir. Probablement un des jumeaux, par négligence, ou bien mon père parce qu'il ne pouvait pas le sentir. Cela dit, c'était réciproque : ces deux-là avaient toujours été comme chien et chat.

– Pourquoi est-ce que tu l'as appelé Rhubarbe ? Tu capotes sur la compote à la rhubarbe ?

– Eurk, non ! Ce doit être infect !

– Non, c'est *full* bon !

– Si tu le dis ! Son nom, c'est en référence à *Rhubarb, le chat millionnaire*, un vieux film des années 1950.

– Jamais vu. Ni même entendu parler…

– Tu m'étonnes !

– Pfft ! C'est gentil.

Caribou m'a poussée très légèrement, feignant l'indignation. Rhubarbe, roulé en boule sur moi, la toisait d'un air supérieur que j'aurais aimé traduire par : « Bas les pattes ! Pas touche à ma maîtresse ! », mais qui signifiait plus probablement : « Hé, ho ! Pas touche à mon coussin humain ! » J'ai fait remarquer, philosophe :

– À chacun ses intérêts, hein ? Toi, ce sont les étoiles et les trucs ésotériques ; moi, les chats et le cinéma !

Tournées l'une vers l'autre, nous nous sommes regardées en souriant. J'ai spontanément tendu la main vers elle pour entremêler mes doigts aux siens, couverts de brins d'herbe, et j'ai poursuivi :

– Tiens, prends par exemple Orangey, le chat qui interprétait Rhubarb dans le film. Il a joué dans une foule de films, je te dis pas ! Et en compagnie d'acteurs super célèbres comme Beau Bridges (ce nom ne lui disait visiblement rien), Ron Howard (celui-là non plus) et Audrey Hepburn (et la lumière fut)… Oh, et il a même gagné des prix d'interprétation !

– Ok, arrête de me niaiser ! Je suis naïve, mais pas au point de croire à un gala de chats.

– Je te jure que c'est vrai. Il existe réellement un gala pour les animaux acteurs. Ça s'appelle le Patsy Awards, c'est l'équivalent des Oscars.

– Les Oscars ! Charrie pas, quand même !

– Parce que c'est moi qui exagère, madame Je-crois-dur-comme-fer-à-la-magie-et-à-l'astronomie ?!

– Je pense que tu confonds astronomie et astrologie. L'astronomie, c'est la science qui étudie la position, le mouvement et l'évolution des astres. Tu peux difficilement remettre ça en doute, c'est prouvé.

– Ouais, moi, je voulais plutôt parler de l'horoscope. Et l'horoscope passe encore… C'est l'idée de la magie que je trouve totalement farfelue. Harry Potter, c'est chouette, mais on est loin du film documentaire, hein ? Ça n'existe pas, les écoles de sorcellerie. Tu le sais, j'espère ?

– Ben là ! Tu me prends vraiment pour une épaisse !

L'expression m'a fait sourire.

– Ce que je veux dire, a-t-elle repris, c'est que ma définition de la magie n'a absolument rien à voir avec l'univers de J. K. Rowling.

– …

– L'auteure de *Harry Potter*, a-t-elle jugé bon de préciser en voyant ma tête.

– Attends, tu es en train de me dire que Harry Potter était un livre avant d'être un film ?

– …

Au tour de Flavie de rester dubitative.

– Caribou, je te fais marcher, voyons !

– Fiou ! Tu me rassures. Mais sans blague, t'as pas l'air de comprendre que la magie, c'est du sérieux. Il y a des milliers de gens qui la pratiquent à travers le monde. Des femmes, surtout. Et c'est loin d'être aussi inaccessible que tu sembles l'imaginer.

– Je ne demande qu'à être convaincue.

– Être sorcière, c’est refuser de croire en un seul dieu pour vouer un culte à la nature dans son ensemble. Certaines font des rituels ou des potions, mais ce n’est pas obligé. Une sorcière, c’est d’abord et avant tout quelqu’un qui respecte son environnement, qui se fie à son intuition et ne se contente pas de croire ou de faire ce qu’on lui dit.

– On est loin des sorcières des contes de fées et des vilaines créatures du cinéma hollywoodien…

– Ça, je te l’accorde. Contrairement à ce qu’on raconte, les sorcières ne sont pas méchantes, pour la plupart. Ce sont de vieilles légendes qui, à l’époque, ont été inventées par les hommes pour faire taire les femmes trop intelligentes ou trop libres.

– Dis donc ! Je ne te savais pas féministe. Là, tu m’étonnes et ce n’est même pas du sarcasme.

Bien sûr que je suis féministe ! Pas toi ?

– Euh… si ça signifie que je considère la femme comme égale à l’homme, alors je suppose que oui.

Flavie est restée silencieuse, pensive, avant de me confier :

– À Montréal, il y a une boutique d’aliments naturels où je vais souvent avec mes parents. Ben… avec mon père, surtout. La femme qui travaille là m’a raconté qu’elle rêvait d’être prêtre lorsqu’elle était enfant. Quand elle en a parlé au curé du village, il lui a ri au visage en lui recommandant de se trouver un autre rêve, sous prétexte que les femmes ne sont pas assez nobles et rusées pour exercer ce genre de fonction.

– Quel connard !

– Oui et non. D'une certaine manière, il avait raison parce qu'encore aujourd'hui, les femmes n'ont pas accès à cette fonction. Mais maintenant qu'elle pratique sa propre religion, la magie, c'est elle qui lui rit au nez chaque fois qu'elle repense à ce qu'il lui a dit.

La magie ne serait donc qu'une question de foi ? Ce constat – ou du moins, cette piste de réflexion – m'a habitée plusieurs journées durant, mais je n'ai jamais eu la présence d'esprit d'en parler à Flavie. Tandis que je quitte à nouveau le monde des souvenirs pour revenir à la réalité, je suis surprise par la question que madame Rose adresse à mon amie.

– Tu aimerais que je te parle de tes amours ?

– Euh... non, ça ira, merci !

Je suis surprise de voir Caribou décliner une telle offre. Dans la vie, rien n'arrive pour rien. Cette question m'était peut-être destinée, après tout.

– Moi, je voudrais bien.

Une brèche s'est ouverte en moi. Faudra que je fasse gaffe. Je ne voudrais pas que la foi dont m'a parlé Flavie en profite pour s'y infiltrer... Quoique. Serait-ce si catastrophique, à bien y penser ?

12
Flavie

Poissons – votre horoscope du 11 juillet :
Les réponses à nos questions se trouvent parfois là où on s'y attend le moins. Faites confiance à votre instinct.

Lourmarin, France

Je suis sûre que c'est une sorcière. Dans le bon sens du terme, évidemment. Autant je me suis méfiée à mon arrivée, autant je crois comprendre pourquoi nos pas nous ont guidées jusqu'ici. Enfin, pourquoi « le chat » nous a menées jusqu'ici. Peu importe qui et pourquoi, en fait. L'important, c'est que nous y soyons, prêtes à récolter un maximum d'informations. Cette vieille femme est une mine d'or. Mon père m'a dit un jour que la vieillesse, c'était le vrai âge d'or, car les personnes âgées possèdent à elles seules plus de secrets que la légendaire caverne d'Ali

Baba. Madame Rose nous sera d'une aide inestimable, j'en suis persuadée. J'en ai déjà appris bien plus au sujet de Lourmarin durant l'heure passée avec elle que durant tout l'été dernier. Elle est intarissable. À croire qu'elle a tout vu, tout vécu. Je n'ose toutefois pas parler de la véritable raison de notre venue ici. Mais c'est inutile, puisqu'elle l'a devinée par elle-même, à en juger par son allusion :

– Nous, les femmes, serions prêtes à tout pour ensorceler l'homme qui fait battre notre cœur, pas vrai ? Même à vendre notre âme au diable !

Je ne sais pas quoi répondre à ça et Clémentine non plus, dirait-on, si je me fie à son air perdu.

– Où voulez-vous en venir ? je demande, entre deux rires niais.

– Oh, nulle part… Ou plutôt : là où vous voudrez bien m'emmener.

Cette conversation est de plus en plus limpide, décidément.

L'intérieur de la maison est à l'image de cette petite femme : mystérieuse et pleine de secrets. Des plantes et des gerbes de fines herbes y sèchent, suspendues ici et là. On se croirait dans l'antre d'une guérisseuse, ce qui n'est pas si surprenant, puisque notre hôte est une ancienne infirmière.

– Si c'est pour le jeune Gréco que vous êtes revenues ici, je crains que vous ne cherchiez longtemps, mes jolies…

Son air énigmatique ne laisse rien présager de bien réjouissant. Durant un instant, mon cœur s'arrête, croyant que la vieille dame s'apprête à nous annoncer que celui de Grégoire a cessé de battre. Mais non, elle poursuit aussitôt pour chasser le trouble qui nous a envahies :

– Après le drame, la famille Gréco a choisi de vendre sa propriété pour retourner vivre à Aix-en-Provence. Ils ne sont jamais revenus depuis.

– Connaissez-vous leur adresse à Aix ?

– Malheureusement, non. Mais vous n'aurez sans doute pas trop de mal à les retrouver. Aux dernières nouvelles, le jeune Gréco travaillerait dans les cuisines d'un restaurant du quartier historique, près de la mairie, pour se changer les idées. Le pauvre ne passe pas tellement inaperçu. Si vous voyez ce que je veux dire…

Nous voyons parfaitement, oui, pour la simple et bonne raison que c'est nous qui avons provoqué l'incident auquel elle fait indirectement référence. Grégoire n'est pas mort ; je respire un peu plus sereinement. Mais ça n'empêche pas mon malaise de m'assaillir à nouveau, ce qui n'échappe pas à la très perspicace guérisseuse. J'ai l'impression qu'elle a le pouvoir de sonder mon âme.

Cette impression est, d'une certaine façon, confirmée par la directive qu'elle m'adresse.

– Donne-moi ta main.

Son ton est à la fois autoritaire et bienveillant. Je m'exécute comme une automate en lui tendant ma main droite.

– C'est ta main dominante ? Celle que tu utilises pour tenir un crayon ou ta cuillère, à table ?

– Non. Je suis gauchère.

– Alors, donne-moi ta main gauche, chère.

Elle m'adresse un clin d'œil discret qui échappe à Clémentine. Cette femme a beaucoup plus d'humour que mon amie ne l'a laissé entendre. Le sourire de madame Rose s'efface sitôt qu'elle se met à étudier ma paume. Ses paupières tombantes se relèvent, ses yeux s'agrandissent. Elle glisse son index le long de mes doigts, étudiant leur longueur et prêtant une attention particulière au majeur.

– C'est bien ce que je pensais. De longs doigts effilés, une paume étroite, de belles lignes courbes… Il n'y a pas de doute, tu as la main psychique !

Clémentine lève les yeux au ciel. J'aurais espéré qu'elle baisserait la garde en mettant les pieds ici, mais son esprit n'est manifestement pas plus ouvert qu'à notre arrivée (et encore moins que l'an dernier !). Son énergie négative n'a pas l'air de déranger notre hôtesse, qui poursuit son étude approfondie de mes mains, comparant désormais la gauche à la droite.

– Tu es très sensible à ton environnement, au bien-être de ceux qui t'entourent, mais tu n'es pas consciente du charme que tu exerces sur les autres. Il y a une espèce de… de blocage, voilà, à ce niveau. La ligne est interrompue, on voit que tu n'utilises pas ton plein potentiel. Comme si tu craignais de t'exposer au regard du monde, d'être au centre de l'attention. Mais ne te leurre pas ! Tu l'es malgré toi.

Je pense : « Franchement ! C'est du grand n'importe quoi ! », mais, au fond de moi, je sais qu'elle a mis le doigt sur une vérité. Je me sens transparente, mise à nu. Trahie par ma propre main ! Par ses lignes qui racontent une histoire, où Clémentine détient un rôle secondaire, quoique déterminant. Je la devine plus attentive à l'échange qui se déroule entre madame Rose et moi, soudain concentrée sur ce qui se dit autour de la table.

– Tu aimerais que je te parle de tes amours ?

– Euh… non, ça ira. Merci.

Clémentine profite de mon refus pour s'immiscer dans la discussion.

– Moi, je voudrais bien.

Madame Rose paraît tout aussi surprise que moi. Agréablement surprise, on s'entend. Le barrage en béton armé de la Grande Sceptique commencerait-il à céder ?

– Ferme ton poing, ordonne notre hôtesse à sa jeune consultante, qui résiste de moins en moins.

Clémentine referme la main. Madame Rose la saisit délicatement, la retourne de manière à observer les plis que forment sa paume et son petit doigt à leur jonction.

– Intéressant…, fait-elle remarquer, malicieusement mystérieuse.

Il n'en faut pas plus pour piquer la curiosité de mon amie.

– Ah oui ? Que voyez-vous ?

– Une ligne unique, bien définie.

– Ce qui signifie ? insiste Clémentine, pendue à ses lèvres.

– Un seul véritable amour.

Mon amie devient blême, son visage change du tout au tout. Je tente de la consoler :

– C'est super romantique !

– Super déprimant, tu veux dire ! Je suis condamnée à aimer un type qui ne m'aimera jamais…

– Il ne faut jamais dire « jamais ».

Clémentine jette un regard noir à madame Rose, jugeant sans doute que cette phrase toute faite ne s'applique pas à sa situation. J'aime beaucoup mon amie, mais parfois je la trouve quelque peu défaitiste. L'avenir se chargera peut-être de lui faire entendre raison.

Voyant mon intérêt pour l'art divinatoire, madame Rose propose ensuite de nous tirer les cartes. Je hoche la tête avec un peu trop d'enthousiasme. Clémentine acquiesce elle aussi, l'air de se dire : « Bah, au point où j'en suis… » Le jeu de tarot de Marseille de la vieille dame est fatigué, usé, défraîchi. On voit qu'il a vécu. Sans doute autant que sa propriétaire, sinon plus…

– Puisque tu as un blocage au niveau de tes accomplissements, je vais opter pour le tarot de la Libération, aussi appelé « tarot du Mat ». Réfléchis bien à ta question. Ce n'est pas la peine de la prononcer à voix haute, mais elle doit être formulée de manière simple et positive. Évite les détails superflus et les négations. Exprime-toi au temps présent.

Rien que ça ! Ses consignes me gênent. Je sais ce que je veux savoir, mais je ne sais pas *comment* le demander. J'aimerais bien sûr être rassurée quant au succès de notre « mission » ; j'opte donc pour une formule générale qui, je l'espère, saura résumer ma pensée. *Va-t-on réussir à renverser le mauvais sort jeté à Grégoire ?* Madame Rose m'ordonne ensuite de mélanger les cartes – les lames, comme elle les appelle – en pensant très fort à ma question. J'obtempère en divisant le paquet en deux parts égales pour bien les brasser, mais elle interrompt aussitôt mon geste.

– Pas de cette façon, voyons ! Ce n'est pas une partie de bridge, ma foi !

Elle me reprend les cartes des mains pour me montrer comment faire. Je suis tellement concentrée que j'ai la veine du cou sur le point d'exploser. La vieille dame me redonne enfin le paquet. À moi de jouer. Je mélange le jeu comme elle me l'a appris tout en répétant ma question en boucle dans ma tête : *Va-t-on réussir à renverser le mauvais sort jeté à Grégoire ? Va-t-on réussir à renverser le mauvais sort jeté à Grégoire ? Va-t-on réussir à renverser le mauvais sort jeté à Grégoire ?*

– Très bien. Maintenant, coupe-le en trois, face vers le bas, puis empile les trois à nouveau en commençant par celui de gauche.

Une fois ces étapes terminées, il ne me reste plus qu'à faire glisser les cartes pour les rouvrir tel un éventail. Je peux désormais choisir les cinq lames qui, je l'espère, sauront m'éclairer. En les retournant pour découvrir ce qu'elles me réservent, j'aperçois les figures suivantes : le Pendu (ça commence bien…), la Lune et la Maison Dieu. La lame suivante ne porte aucune inscription, mais l'image du squelette traînant sa faux sur un sol noir jonché d'os et de membres coupés (des pieds, des mains, une tête de femme et une tête d'homme) laisse peu de place à l'interprétation. J'ai tiré la Mort. De mieux en mieux, quoi ! Je commence sérieusement à angoisser. Ma dernière carte est celle du Soleil. Enfin, quelque chose de positif ! C'est bien, le soleil. Ça réchauffe. *Oui, mais ça donne aussi le cancer de la peau…* ARGH. Je vais devenir folle ! Vite, des explications. Fine observatrice, madame Rose lit instantanément la détresse et l'incompréhension dans mes yeux écarquillés. Je dois être belle à voir.

– Je sais ce que tu te dis, mais il ne faut pas se fier aux apparences. Tu as tiré de très belles cartes.

– En êtes-vous certaine ?

– Le tarot n'est pas une science exacte, ma jolie. C'est un outil d'introspection et de connaissance de soi. Nous verrons bien de quoi il retourne au fil de la lecture, mais, à première vue, cela me semble très encourageant. Tu as des cartes fortes, des figures puissantes. J'y vois déjà une évolution, peut-être même une révolution…

Il en faudra davantage pour me rassurer. Heureusement, je suis sur la bonne voie et entre de bonnes mains.

– D'abord, le Pendu. Cette première lame représente l'obstacle, l'entrave qui t'empêche d'agir ou d'avancer. Tu te sens liée, mais tu as besoin de ce temps d'arrêt, de méditation. C'est une invitation au travail intérieur, à la réflexion, à un certain recul par rapport à une situation. Est-ce que cette interprétation résonne en toi ?

Ça remue effectivement quelque chose en moi. J'irais même jusqu'à dire que ça résume à merveille la façon dont je me suis sentie ces dernières mois. Incapable d'agir. Pendue la tête en bas. Je hoche la tête en signe d'approbation pour poursuivre.

– La Lune, maintenant. Cet arcane représente la puissance féminine par excellence. La force réceptive, l'intuition, l'imagination, le monde des rêves et de l'inconscient. D'après sa position dans le tirage, la Lune constitue ton moyen de libération. Cette carte renvoie à la mère et à la femme. Tu te sens peut-être attaquée dans ta féminité. J'y vois aussi la peur de l'inconnu et de l'obscurité. Des cauchemars, peut-être ?

Je sens Clémentine se crisper, tout comme moi. Cette femme est douée.

– Elle peut également symboliser un voyage au-delà des mers et laisser présager une grande réalisation. Puisque tu te tiens devant moi, à des milliers de kilomètres de chez toi, cette interprétation me semble des plus pertinentes.

– Oui, ce serait logique.

Je n'ose pas avouer que la référence à la figure maternelle m'a fait sourciller. Qu'est-ce que ma mère vient faire là-dedans ? Et ma féminité ? Bon. Je ne suis pas la fille la plus assumée au monde, mais de là à dire que je renie mon genre, il y a un pas que je ne suis pas prête à franchir.

– À présent : l'action à entreprendre ! se réjouit la vieille dame. La Maison Dieu est une carte d'un grand réconfort spirituel et émotionnel. Tu vois cette porte ouverte et le toit soulevé d'où émerge l'entité en flammes ? me demande-t-elle en me montrant la carte. C'est l'ouverture. Ce qui était enfermé peut enfin sortir. Les deux personnages devant la tour ont la tête penchée vers le bas comme le pendu, mais, contrairement à ce dernier, les deux diablotins sont en action et leur position indique qu'ils ont un regard différent sur le monde. À ce propos, j'y vois à nouveau la notion de voyage et d'un secret révélé. Une catastrophe naturelle pourrait être à la source du mystère…

Cette fois, je blêmis. Clémentine aussi. Tout ceci est bien trop concret pour qu'elle puisse continuer à nier l'évidence. Madame Rose est d'une clairvoyance extrêmement troublante. J'en ai assez entendu. Je n'ai pas particulièrement envie de savoir ce que la Mort me réserve.

– À voir ton visage, je devine que tu crois, à tort, avoir affaire à la Mort. C'est une croyance fausse mais largement répandue à propos de cette carte. Or, l'interprétation qu'on doit faire de l'Arcane Sans Nom est bien plus large, bien moins arrêtée que la simple mort. Lame numéro treize sur les vingt-deux que comporte le jeu, elle est au cœur du tarot, et non pas à la fin. Elle représente une transformation profonde, un changement, une révolution. Un grand nettoyage qui nous porte à éliminer tout ce qui nous empêche d'avancer. Elle peut aussi être le symbole d'un grande colère intériorisée, d'une rage contenue, d'une agressivité inconsciente qui ne demande qu'à s'exprimer. Si la transformation profonde est souhaitée, l'Arcane Sans Nom annonce alors un grand soulagement.

Je pousse un long soupir qui lui arrache un petit rire.

– Ta réaction l'illustre bien ! Hi ! Hi !

– Mets-en, que je suis soulagée ! Je m'attendais à apprendre une mauvaise nouvelle.

– Je te rappelle que le tarot ne prédit pas l'avenir. Il donne des pistes pour interpréter le présent et des outils pour mieux agir sur le futur. Et parlant de futur, ta dernière carte est pour le moins lumineuse ! Elle vient confirmer que le but ou le destin à réaliser sera atteint. Le Soleil est l'archétype paternel, symbole d'une nouvelle vie. D'une réussite. Ta question avait-elle un lien avec ton père ?

– Pas que je sache…

– Il représente peut-être la solution, dans ce cas. J'espère que cette lecture t'éclaire un tant soit peu.

– Oui, beaucoup. Merci, madame Rose. Je vais méditer là-dessus.

Tandis qu'elle se redresse sur sa chaise en s'appuyant sur l'accoudoir, la vieille dame m'offre un sourire d'une tendresse infinie. Puis elle se lève avec une extrême lenteur avant de disparaître dans la pièce voisine. Elle en revient tenant un petit objet entre ses mains.

– Voilà qui devrait t'aider à méditer. Je t'en fais cadeau.

Madame Rose tend les bras vers moi et ouvre les mains avec délicatesse et cérémonie, comme on libère une colombe. J'y découvre un tarot de Marseille minuscule, presque neuf. On dirait le bébé tout beau, tout propre du jeu qui m'a été lu aujourd'hui.

– Vous êtes sérieuse ? Heu… pardon, dis-je, un peu gênée, en me reprenant. Vous êtes certaine ? Je… je ne peux pas accepter ça.

– Bien sûr que tu le peux ! Je ne m'en sers pas, il prend la poussière. Je l'ai acheté et il est toujours préférable d'utiliser un tarot qui nous a été offert.

Son « bien sûr » avait déjà fini de me convaincre. J'empoigne le jeu, MON jeu, avec une fébrilité à peine contenue, une émotion à peine voilée. J'ai l'impression de rayonner comme mon Soleil paternel. Parlant du paternel, je n'ai pas vu le temps filer, mais il est plus que temps de rentrer à l'hôtel. Il va me tuer si j'arrive en retard et, à en croire mes cartes, la mort n'est clairement pas la solution à mes problèmes.

13
Clémentine

« Je ne sais plus ce qui est réel.
Je ne sais plus quoi penser. »
– Demi Moore, alias Molly, dans *Ghost* (1990)

Lourmarin, France

Le soleil commence à décliner lorsque nous quittons à regret la demeure de la Foldin… pardon, de madame Rose. Je ne peux raisonnablement plus me moquer de cette adorable mémé qui nous a offert sa confiance et ouvert sa porte. Elle nous a accueillies avec une telle générosité, je m'en voudrais de lui manquer de respect. C'est vrai, quoi, mes préjugés ne tiennent plus la route. J'ai été vraiment stupide de croire tout ce qu'on raconte à son sujet. Un assassin, elle ?! Et puis quoi, encore ? Je la crains d'autant moins qu'elle a recueilli mon chat adoré et qu'elle en a pris soin.

Ça me brise le cœur de devoir m'en séparer à nouveau, mais je suis rassurée de savoir Rhubarbe entre de bonnes mains. Il mènera une vie autrement plus paisible auprès d'elle que sous la domination tyrannique des jumeaux. Et puis je me console à l'idée que la présence du matou rend sa solitude un peu plus douce et moins lourde sur ses frêles épaules.

– Tu reviens voir ton minet quand tu veux ! Et ça vaut pour toi aussi, Flavie. Ma porte vous sera toujours ouverte, mes jolies !

J'acquiesce machinalement en soutenant tant bien que mal le regard perçant de la veuve malgré les larmes qui me brouillent la vue. Je plaque un dernier bisou sur la tête poilue de mon ancien compagnon avant de m'éloigner en luttant contre l'irrépressible envie de me retourner. C'est déjà assez difficile de l'abandonner une seconde fois ; si je le regarde, je serai tentée de revenir sur mes pas pour le reprendre et m'enfuir en courant avec lui sous le bras, alors vaut mieux regarder droit devant. Caribou et moi marchons en silence jusqu'à la sortie du village, absorbées par nos pensées, quasi méditatives. J'hallucine ou j'ai réellement employé le mot « méditative » ? Cet après-midi chez la (gentille) sorcière m'a vraiment sonnée, je ne me reconnais plus. Ce n'est pas mon genre de rester ainsi sans parler, mais ça fait beaucoup d'informations à assimiler en peu de temps. Du coup, ça me paraît normal que nous ressentions le besoin de cogiter un brin.

Sauf qu'à en croire l'horaire qui s'affiche à l'écran de mon smartphone, nous devrions le faire en sprintant, car le prochain bus passe dans moins de cinq minutes. On a intérêt à se grouiller. J'ai promis au père de Flavie de la ramener à temps et en un seul morceau, idéalement. Y a pas une seconde à perdre. J'accélère le pas pour inciter Flavie à faire pareil, mais elle traîne derrière moi, plus lunatique que jamais. Je la devine troublée par les révélations de madame Rose, mais je le suis tout autant et ça ne m'empêche pas de courir.

Même si je refuse toujours de croire en l'art divinatoire, je dois reconnaître que cette séance avec madame Rose était vachement convaincante. Je n'irai pas jusqu'à dire que la découverte du tarot a ébranlé mes convictions, mais je dois me faire violence pour ne pas nourrir de faux espoirs. Et si madame Rose disait vrai ? Et si mon unique amour m'attendait au détour d'une ruelle ? Je voudrais y croire, mais le doute reste très fort. C'est complètement dingue. Si Grégoire n'habite plus ici, à quoi bon s'éterniser à Lourmarin ? Demain matin, nous partirons à sa recherche dans Aix-en-Provence, la tête reposée et les idées claires. La nuit porte conseil, comme dit le proverbe. Pour ce soir, autant rentrer à Avignon comme de gentilles filles. On bifurque sur la rue Henri-de-Savornin et je réalise soudain que ce n'est pas l'amour qui m'attend. C'est mon père. Non, mais je débloque ou quoi ? Je ne vais pas me mettre à avoir des visions maintenant, quand même ? Qu'est-ce qu'il fait là avec cette nana ? Les assurances de maison, ce n'est pas le genre de question qu'on règle en tête-à-tête à la terrasse d'un bistro, si ? Me semble pas. Et d'abord, qui est cette bécasse qui boit ses paroles comme s'il était le mec le plus passionnant de la terre ? Je me pose la question, mais ai-je vraiment envie de le savoir ?… Mon père ne m'a pas vue et ne doit surtout pas me voir. Je devrais être au festival d'Avignon en train de m'enfiler des pièces en rafale comme la férue de théâtre que je prétends être devenue. Et lui devrait être n'importe où sauf ici, à roucouler avec une poulette tandis que maman cuve son vin à la maison comme une pauvre dinde. Si nos regards se croisent, c'est la cata assurée, de son côté comme du mien. Ni lui ni moi n'avons envie de vivre ça. J'empoigne la courroie du sac de Flavie pour la forcer à faire demi-tour.

– Mais…

– Allez, viens ! Je connais un raccourci, je grogne entre mes dents.

C'est faux, mais si ça peut lui éviter de râler et nous empêcher de nous faire repérer, pourquoi me priver d'un petit mensonge ? J'entraîne mon amie dans la direction opposée en m'efforçant de ne pas regarder vers mon père. Nous empruntons une rue parallèle en redoublant de vitesse. L'arrêt d'autobus n'est plus qu'à une centaine de mètres. Le vrombissement d'un moteur qui démarre vient cependant confirmer ce que je redoutais. Inutile de courir ne serait-ce qu'une milliseconde de plus. On a loupé le bus.

– Merde ! Qu'est-ce… qu'est-ce qu'on fait, maintenant ?

En proie à l'abattement, Flavie reprend son souffle, les mains sur les cuisses, le corps penché vers l'avant.

– Chillax, Caribou ! lui dis-je en reprenant une de ses expressions favorites. Ne t'inquiète pas, j'ai une petite idée pour passer le temps utilement…

*
* *

– Y a personne. Qu'est-ce qu'on vient faire ici ?

C'est la troisième fois qu'elle me pose la question depuis que nous sommes arrivées devant la villa de mes parents, enfin, ce qu'il en reste. Si je me fie à l'expression stupéfaite de son visage couvert de taches de rousseur piqué de taches de son, un court-circuit vient d'avoir lieu dans sa cervelle à la vue des décombres. Je rigole mais, moi aussi, j'ai les méninges carrément en panne. Même si je voulais parler, rien ne sort. Caribou m'attrape par les épaules et me secoue doucement. Elle plante son regard dans le mien, puis répète sa question en détachant chaque syllabe, comme si elle s'adressait à une sourde-muette et s'attendait à ce que je lise sur ses lèvres. C'est d'ailleurs ce que je fais, car même si les sons proviennent jusqu'à mes oreilles, leur sens m'échappe. Il y a un décalage entre ce que j'entends et ce que je comprends, style mauvais doublage. J'ai l'impression d'être la spectatrice d'une pub mal traduitepourrie. Quand j'ouvre enfin la bouche, les mots se bousculent, à croire qu'ils voudraient tous sortir en même temps.

– C'est… c'est pas… Je… je pense que je n'étais pas prête à voir ça.

Flavie hoche la tête, compréhensive, et propose :

– Tu veux t'asseoir ? Viens t'asseoir.

Mon amie me guide jusqu'à la balançoire que maman a fait installer pour les jumeaux, il n'y a pas si longtemps. Elle est intacte, dans le même état que nous l'avons laissée à la fin de l'été dernier, contrairement à tout ce qui l'entoure. C'est presque un miracle qu'elle ait été épargnée par les flammes compte tenu de sa proximité avec les fondations de la villa. La colère et le désespoir montent en moi tandis que je prends conscience de l'ampleur des dégâts. Tous ces souvenirs partis en fumée ! Flavie paraît tout aussi désemparée que moi. Elle veut me consoler, mais ne trouve pas les paroles réconfortantes. Cette situation nous dépasse toutes les deux. On se balance silencieusement, pensives. J'ai la terrible sensation qu'il n'y a rien à ajouter. Il n'y a rien que Flavie puisse dire pour m'aider à découvrir la vérité. La seule chose que je puisse faire, c'est attendre les conclusions de l'enquête menée par la compagnie d'assurances. Et un petit quelque chose me dit que mon père, lui, n'est pas pressé de connaître les résultats. Encore moins de rentrer à Lyon pour retrouver sa femme et ses enfants…

Une voix interrompt le fil de mes pensées.

– Tiens ! Une revenante !

J'aperçois mon voisin Mehdi qui vient à notre rencontre, accompagné de son éternel sourire en coin.

– J'avais perdu espoir de te voir cet été.

Depuis quand espérait-il me retrouver, celui-là ? Nous n'avons jamais été potes, à ce que je sache, notre seul lien d'amitié était Grégoire. J'esquisse un geste en direction des ruines.

– Raconte-moi ce qu'il s'est passé, Mehdi. Je suis larguée.

– J'en sais rien. L'incendie s'est déclaré pendant la nuit. Tout le monde dormait.

Évidemment qu'il ignore ce qui s'est produit. À quoi m'étais-je attendu ? Contre toute attente, il poursuit :

– Mais si tu veux tout savoir, certains racontent que le sinistre arrive à point, étant donné votre situation financière…

– Qu'est-ce que tu entends par là ?

– Eh ben… disons que ce ne serait pas la première fois que quelqu'un met le feu à sa baraque pour toucher l'argent des assurances.

Je vois rouge.

– Tu te fous de ma gueule, ou quoi ? Ma famille et

moi, on était à Lyon la nuit de l'incendie ! T'es encore plus taré que je croyais, si tu gobes ces conneries !

– Hé ! Ce n'est pas moi qui le dis. Je ne fais que rapporter ce que j'ai entendu.

Caribou choisit ce moment pour s'immiscer entre nous.

– Pas la peine de s'engueuler pour ça. C'est juste des rumeurs.

Son ton est ferme, il n'invite pas à la protestation. Mon amie prend manifestement son rôle de médiatrice à cœur. J'en profite pour changer de sujet et poser l'autre question qui me brûle les lèvres. Enfin, façon de parler.

– T'as eu des nouvelles de Greg ?

Son sourire s'efface. Il baisse les yeux.

– Non. Il n'a pas voulu me recevoir quand il était à l'hôpital et n'a jamais retourné mes appels…

– Bienvenue dans le club. Greg ne m'a…

Je n'ai pas achevé ma phrase que mon père apparaît dans l'allée avec la femme de tout à l'heure à ses côtés. Parlant de club, il semblerait que notre petit groupe a de la compagnie. On ne m'avait pas avisée qu'une fête de village se tenait cet après-midi sur les ruines de notre ancienne vie.

– Je te croyais à Avignon. Je peux savoir ce que tu fais ici ?

Mon père est posté dans l'allée, la femme de tout à l'heure à ses côtés. Je devine à ses sourcils froncés et à sa mâchoire crispée qu'il lutte violemment contre la tentation de venir me passer un savon, de me prendre par les oreilles pour me gifler. Il m'en veut terriblement d'avoir déjoué ses plans, mais c'est tant pis. C'était inévitable. Il fallait y penser avant de merder. Je soutiens son regard sans sourciller en rétorquant :

– Je pourrais te retourner la question. Toi aussi, tu me dois des explications.

– Je ne te dois rien.

– C'est qui, elle ?

– Une copine.

Je me souviens l'avoir vue dans les parages à quelques reprises. Or, s'il s'agissait d'une amie, comme il le prétend, j'aurais entendu parler d'elle bien avant aujourd'hui. Maman va être dans tous ses états lorsqu'elle apprendra que son mari a une liaison. La pauvre a déjà le moral dans les chaussettes.

– Bon. Je vais vous laisser, annonce Mehdi, mal à l'aise.

La bécasse de mon père profite de l'occasion pour l'imiter.

– Moi aussi.

Mon père se renfrogne en croisant les bras. Sa manière à lui de se composer un air autoritaire, peu convaincant.

– Je vous ramène à Avignon.

Génial ! Le trajet s'annonce palpitant.

14
Flavie

Poissons – votre horoscope du 11 juillet(suite) :
Cessez de vous flageller. Ressasser vos erreurs
ne vous permettra pas de réécrire le passé.
Appliquez-vous plutôt à l'écriture de votre futur.

Avignon, France

J'aurais dû angoisser à l'idée d'affronter Jean-Benoît après un retard aussi monumental, mais je me sentais comme absente, déconnectée. Maman avait peut-être raison, finalement ; j'ai tendance à perdre contact avec la réalité. La rencontre inattendue avec madame Rose, son interprétation des cartes qui a amené plus de questions que de réponses, la découverte de ma « main psychique » (*what ?!!!*), le bus manqué, le père de Clémentine qui, lui, ne nous a pas manquées, leur villa incendiée… tout ça m'a lessivée. Trop d'émotions en une seule petite journée. Je suis en vacances, moi ! Je ne devrais pas avoir à me stresser comme ça.

Pour éviter d'écouter ou, pire, de devoir participer à la joyeuse engueulade père-fille à l'avant de l'auto, je me suis réfugiée dans un coin de ma tête durant tout le trajet Lourmarin-Avignon. J'ai coupé le son et l'image pour revivre mon propre film mental des récents événements. Même à la lueur des révélations de la vieille dame, tant de mystères restent en suspens. Cette agressivité refoulée, mon blocage sur la féminité… Se pourrait-il que tout cela ait un rapport avec l'absence de ma mère ? Ou encore, avec mon manque de popularité auprès des garçons ? Le seul avec qui j'ai eu des « rapprochements » s'est bien fichu de moi. Forcément, ça laisse des traces.

C'est d'ailleurs un peu pour lui et pour ce qu'il m'a fait que je suis de retour ici. Ma vengeance de l'été dernier ne m'a pas apaisée, loin de là. Mais madame Rose vient de me fournir des pistes de réflexion, voire des solutions pour renverser la situation. Je réalise avec surprise que, pour la première fois depuis un an, je me sens légère, sereine même. Bon, « sereine » est sans doute un peu exagéré, car je n'angoisse pas moins à l'idée de ce qui nous attend demain. Sauf qu'en attendant, j'ai l'impression de flotter au-dessus de mon corps et cette sensation d'apesanteur n'est franchement pas désagréable. Elle m'évite de trop penser à Grégoire. Ne pense pas à lui. Ne pense pas à lui. Ne pense pas à lui. Ne pense pas à lui. Trop tard. Son beau visage, ses traits fins, sa tignasse soyeuse et noire, son sourire charmeur, de gars qui a toujours obtenu ce qu'il voulait ; tous ces détails me reviennent en mémoire. Mon cerveau fait un saut dans le temps. Un voyage dans le passé, un an plus tôt.

C'était la deuxième semaine de nos vacances en Provence. Depuis l'épisode du champ de lavande au Vallon de Gerbaud, Clémentine et moi avions compris qu'il valait mieux se voir sans Grégoire. C'était une entente tacite ; pas la peine de la verbaliser, l'intuition féminine s'en était chargée. La testostérone du tombeur-de-ces-dames provoquait une mauvaise vibration entre nous. Une compétition malsaine. J'adorais ma nouvelle amie, je n'étais pas prête à la sacrifier pour une histoire de garçon. Je me répétais que, de toute façon, Greg ne s'intéresserait jamais à une fille comme moi. Je n'étais pas son genre. Pas assez féminine, trop bizarre. Mais un doute subsistait… J'avais remarqué la façon dont il me regardait, avec un mélange de curiosité et d'agacement. Comme si je le fascinais, malgré lui. Il avait du mal à me cerner, c'était évident. Je n'entrais dans aucune des petites cases bien définies qui lui permettaient de classer les « nanas ». J'étais un ovni, pour lui. C'est du moins l'interprétation que je me faisais de ses regards insistants et de ses (trop ?) nombreuses questions à mon endroit.

Cet intérêt improbable que je suscitais chez lui tapait royalement sur les nerfs de Clémentine. Ça sautait aux yeux ! Je pouvais presque voir les poils de son épiderme se hérisser chaque fois qu'il s'adressait à moi. Pour éviter de m'attirer les foudres de ma seule complice à Lourmarin, j'essayais de me convaincre que Greg-le-*douchebag*-français ne me faisait aucun effet. Peine perdue. Je rêvais de lui la nuit. Des rêves que je me remémorais en rougissant au petit matin. Qu'est-ce que je pouvais lui trouver, à ce fils à papa ? Il était rudement beau, c'est vrai, mais les péteux de broue ne m'avaient jamais attirée. Et puis, il y avait Shaun, sur lequel je me pâmais depuis des années. Devais-je me réjouir que la présence de Grégoire me fasse oublier l'absence de l'autre ?

Je nageais en pleine confusion.

Cette journée-là, Clémentine m'avait donné rendez-vous au coin des rues Albert-Camus et du Coucou. Certains noms de rues ici me faisaient bien rigoler ; j'aimais particulièrement la rue du Panier. J'étais arrivée à notre lieu de rendez-vous avec une idée fixe : aller nous faire bronzer dans l'herbe, près du temple, et confectionner des bracelets en parlant de garçons… Non, en abordant n'importe quel autre sujet, en fait, il valait mieux. J'avais les perles, les cordons de cuir et tout le nécessaire pour réaliser de super bijoux, mais elle avait rejeté ma proposition, la qualifiant de « ringarde ».

– Tu me fais marcher avec tes bijoux, Caribou, n'est-ce pas ?

– Heu… non. Pourquoi ?

– J'ai une bien meilleure idée ! On va aller se dorer la pilule et parler de mecs. Ou même parler à des mecs ! Ça commençait mal. Notre entente non verbale concernant les garçons était peut-être trop tacite, tout compte fait. Qu'à cela ne tienne, on s'est retrouvées toutes les deux à déambuler sur la place Henri-Barthélémy entre les étals débordant de fruits et de légumes, de pains et de fromages, d'épices et d'autres délices. Clémentine m'avait amenée au grand marché de Lourmarin qui, je l'ignorais à l'époque, se tenait tous les vendredis matins. On aurait dit quc la Provence au grand complet s'était donné le mot pour s'y retrouver. Les allées étaient noires de monde. Heureusement, Clémentine connaissait l'emplacement de chaque kiosque, le nom de chaque commerçant ou artisan (surtout les mignons), si bien qu'on s'y orientait facilement.

J'ai croisé Greg alors que je rentrais au gîte où je logeais avec mes parents. J'ai eu l'impression qu'il m'attendait, mais je me faisais peut-être des idées. Si ça se trouvait, ce n'était qu'une banale coïncidence… quoique cette rencontre n'avait rien de banal.

J'ai deviné sa présence rien qu'à son regard qui

m'a vrillé la nuque au détour d'une rue (je ne sais plus trop laquelle). Il a détourné les yeux sitôt les miens posés sur lui. Ça m'a donné envie d'accélérer le pas et de continuer tout droit sans me retourner. Grégoire n'avait pas envie de me voir ? Très bien. C'était réciproque. Ou plutôt, c'est ce que je m'efforçais de croire. Il a fini par me rattraper en courant, signe qu'il avait un peu plus envie de me parler qu'il l'avait d'abord laissé paraître. C'était toujours réciproque, donc. Je me souviens de ce qu'il m'a dit ensuite, je m'en souviens comme si c'était hier parce que la conversation qui a suivi demeure, jusqu'à ce jour, le plus absurde et incompréhensible échange romantique de ma courte vie.

– Hé, la Québécoise !

– La Québécoise a un nom, t'sais !

– Désolé, Miss Dupré, j'avais oublié que je m'adressais à la fille d'un grand romancier et que je devais faire gaffe aux mots que j'employais.

– C'est pas à la fille du romancier que tu t'adresses, pas plus qu'à la Québécoise. C'est à Flavie. Il me semble que c'est pas trop dur à comprendre.

– Ouh là ! C'est qu'elle a du mordant, la Flavie !

Je me souviens très bien du regard qu'il m'a lancé à cet instant, un regard qui en disait long. Ce n'était pas de la colère, pas même de l'amusement. On aurait dit… du désir ? Oui, c'était bien ça, je reconnaissais cette lueur fugace déjà entraperçue chez d'autres gars, les rares fois où je m'étais exposée au soleil en bikini.

– Ben oui, c'est ma philosophie. Je mords dans la vie.

Contre toute attente, Grégoire s'est esclaffé en entendant cette farce plate (qui n'en était pas vraiment une). La scène semblait surréelle. Il n'avait même pas l'air de se forcer pour rire ; c'était comme si je venais d'inventer la réplique la plus délicieusement spirituelle de l'histoire de l'humour. Quand il a enfin retrouvé son sérieux, il m'a prise au dépourvu une fois de plus.

– T'es pas comme les autres nanas.

– C'est-à-dire ?

– J'sais pas… T'es pas qu'une belle coquille vide.

Son compliment était douteux. Flatteur, mais douteux. Je ne savais quoi en penser, alors j'ai esquivé (ce que je sais faire de mieux) :

– Attends. T'es en train de dire que pour toi toutes les autres filles sont stupides ?

– Pas toutes, mais la plupart sont obsédées par leurs fringues, leurs cheveux… Elles passent leur temps à se comparer entre elles, à envier leurs copines ! Toi, tu…

– Moi, je… ?

Ça devenait intéressant.

– T'as pas l'air du type à te soucier de ton apparence.

Je pouvais limite le prendre mal. Tant qu'à y être, qu'il me dise aussi que j'avais l'air d'un pichou et que je m'habillais comme la chienne à Jacques ! En voyant mon visage se décomposer, il s'est aussitôt repris.

– Je veux dire… tu es une beauté naturelle. Je ne sais pas à quoi ressemblent les nanas dans ton pays, mais c'est plutôt rare, par ici.

– Merci.

J'ai eu beau ordonner à ma face de ne pas rougir, j'avais à peu près autant de succès qu'un obèse qui s'interdit de saliver devant une crèmerie. À cet instant précis, je l'ai trouvé *très* charmant. Je l'avoue, il m'a remuée par en dedans. C'était la première fois qu'un gars me faisait me sentir spéciale. Il n'en fallait pas davantage pour que je baisse la garde. Je l'ai vite regretté.

*
* *

Je suis soulagée que le père de Clémentine ait refusé de souper avec nous. Un paternel en colère suffira ; l'ambiance est déjà suffisamment pénible. Jean-Benoît ronge son frein depuis tantôt. Il nous est tombé dessus dès notre arrivée à l'hôtel, c'est tout juste si j'ai pu placer un mot. Je comprends qu'il se soit inquiété. J'arrive aussi à concevoir que le fait de cacher nos allées et venues aux parents de Clémentine n'a pas aidé notre cause, mais je compte bien l'amadouer en plaidant qu'au moins, lui en a été avisé. Mon père est un homme orgueilleux. En le flattant dans le sens du poil pour lui faire croire qu'il est vraiment cool et compréhensif et jeune (dans sa tête, on se comprend), j'arriverai peut-être à calmer le jeu. Sinon la soirée risque d'être fort longue…

Même la serveuse évite notre table, tant le bruit des couverts qui s'entrechoquent est déprimant. Clémentine picore dans son assiette sans grande conviction, façon mouette à la diète, pendant que mon père parcourt sa bibliothèque mentale à la recherche de la meilleure citation pour m'engueuler. Il est si prévisible. Le connaissant, il va me sortir : « Une vérité entière est souvent l'alliée de la vertu ; une demi-vérité est toujours l'alliée du vice » (Gilbert Keith Chesterton), ce à quoi je répondrai : « La vérité. Qui peut se vanter de dire la vérité ? Pour la dire, il faudrait la détenir » (Micheline La France) ou : « Il ne faut pas dire toute la vérité, mais il ne faut dire que la vérité » (Jules Renard). Je n'ai pas encore décidé, ça dépendra de sa stratégie. Jean-Benoît est très fort à ce petit jeu, mais je ne laisse pas ma place non plus. Contre toute attente, Clémentine fait avorter notre duel intellectuel avant même qu'il ait commencé.

– Faut pas en vouloir à votre fille, monsieur Dupré. Flavie n'a rien à voir dans cette histoire. C'est moi qui ai voulu mentir à mes parents, elle n'était pas d'accord. C'est aussi ma faute si on a manqué le bus.

– Elle aurait dû me prévenir de votre retard. Je me suis fait un sang d'encre pour vous, les filles ! S'il vous était arrivé quelque chose, je ne me le serais jamais pardonné.

Cette dernière phrase me pique au vif.

– Évidemment. Comme d'habitude, tout tourne autour de toi !

– Qu'est-ce que tu veux insinuer par là ?

– Au fond, ce qui te dérange, c'est que tu serais passé pour un mauvais père si on avait disparu. Pis t'avais pas envie d'avoir à dealer avec ta culpabilité.

– Voyons, Flavie ! Tu penses vraiment ce que tu dis ?!

– Désolée de te décevoir, mais oui.

Papa accuse le coup, penaud. J'ai frappé là où ça fait mal. Je regrette d'avoir été si dure envers lui, mais pas assez pour vouloir retirer mes paroles. Ce qui est dit est dit, un point c'est tout. Tant qu'à avoir crevé l'abcès, je décide même d'enfoncer un peu plus le clou :

– Tu veux une vraie raison d'être fâché contre moi ? Tu veux savoir toute la vérité ? J'ai lu le début de ton roman même si tu me l'avais expressément interdit ! Et tu sais quoi ? Je trouve qu'il y a pas mal de ressemblances avec l'histoire horrible qui a eu lieu l'été dernier à Lourmarin, et je commence sérieusement à me demander si t'aurais pas fouillé dans mes affaires pour découvrir ce qui est arrivé !

– Eh ben ! s'exclame Jean-Benoît, médusé. Père indigne et espion. On aura tout vu...

Je dois reconnaître que mon insinuation frôle la paranoïa. Comme quoi je n'ai pas hérité mon imagination débordante du voisin. Mais je m'en fous. Il n'a pas le droit de me tomber dessus de cette manière. Que je sache, je ne lui ai pas menti, MOI. Bon. Je ne me suis pas vantée d'avoir lu le début de son manuscrit non plus, mais c'était une omission volontaire. Une simple cachotterie, et non pas un mensonge.

– Tu n'es vraiment pas en position de m'accuser de quoi que ce soit, Flavie Dupré ! C'est toi qui as fouillé dans mes affaires et lu mon roman sans ma permission. Je me suis inspiré de ce qui est arrivé à votre ami Grégoire, c'est vrai, mais mon histoire n'a strictement rien à voir avec vous, voyons !

Je croise les bras sur ma poitrine en lui lançant un regard par en dessous.

– Heu... tu permets que j'en doute ?

– Non, mais je te suggère de me présenter tes excuses, par contre.

– Pfft ! Tu peux toujours rêver.

– Je t'amène en voyage en France et c'est comme ça que tu me remercies ? Très bien. Je t'ai assez vue pour aujourd'hui. Tu peux quitter la table et aller dans ta chambre.

– Mais… j'ai même pas fini de manger !

– Ça fait dix minutes que tu n'as pas avalé une bouchée. Tu as fini. Allez, assez discuté, je ne veux plus te voir ! Et interdiction d'en sortir avant demain matin.

– T'es sérieux, là ? Dois-je te rappeler que je n'ai plus cinq ans ?

– Ton âge n'a rien à voir là-dedans. Je suis ton père, c'est moi qui sais ce qui est bien pour toi ou non. Et crois-moi, passer la soirée dans ta chambre à réfléchir à la façon dont tu m'as parlé va te faire le plus grand bien.

Je me sens humiliée. Était-ce nécessaire de me faire perdre la face devant mon amie ? De m'engueuler comme du poisson pourri pour si peu ? Quoi qu'il en soit, je n'ai plus envie d'être assise à cette table avec lui une seule seconde de plus. Je prends donc mes cliques et mes claques, et quitte le resto comme une furie. Je suis tellement remontée contre mon père que c'est tout juste si je remarque la présence de Clémentine, qui me talonne jusqu'à notre chambre. Je lui suis reconnaissante de me suivre. Cet élan de solidarité prouve qu'elle est de mon côté (ou tout simplement qu'elle n'a pas le goût de prolonger cet interminable souper… mais je préfère m'en tenir à la première hypothèse).

– C'est quoi, cette histoire avec le bouquin de ton père ? Qu'est-ce que ça raconte ?

– J'ai lu que le début, mais ça parle de magie et d'un gars défiguré par la foudre…

– Ah ouais, je comprends pourquoi tu soupçonnes ton père de s'être inspiré de nous. Mais tout le monde à Lourmarin est au courant de cet incident et il avait l'air sincère. Le fait qu'il parle de sorcellerie, je crois réellement qu'il s'agit d'une pure coïncidence, tu sais bien que c'est son dada, Flavie. Les chiens ne font pas des chats, ajoute-t-elle en me lançant un regard en coin.

– C'est ce qu'on va voir…

Clémentine prend une mine interloquée, des points d'interrogation dans les yeux. Pour dissiper le mystère, je lui révèle une information capitale.

– J'ai fait une copie de son roman sur ma clé USB.

– NON ! Tu déconnes ?!

– C'est la vérité vraie. Regarde.

Je l'insère dans mon ordinateur portable ; une icône apparaît. *Lourmarin sans lendemain*. Papa a tenu à me punir ? Très bien. Je sais pertinemment à quoi je vais occuper ma soirée, et ce n'est certainement pas à « réfléchir à la façon dont je lui ai parlé ». Je ne connais rien de mieux que la lecture pour cultiver l'esprit. Mon romancier de père serait mal placé pour me contredire à ce sujet.

15
Clémentine

« On ne laisse pas bébé dans un coin. »
– Patrick Swayze, alias Johnny,
dans *Dirty Dancing* (1987)

Avignon, France

Toc. Toc. Toc. Toc. Toc.

Je me réveille d'un coup sec. C'est quoi, ce bruit ?

– Allez ! Debout, les filles !

La voix provient du couloir. Le père de Flavie se tient manifestement sur le pas de notre porte. Je laisse échapper un grognement, mon amie aussi.

– Va ouvrir.

– Non, toi.

– T'es plus proche de la porte que moi.

– Ouais, mais c'est ton père. Pas le mien.

Caribou pousse un soupir digne d'une tragicomédie avant d'entreprendre de traîner péniblement son corps jusqu'à la porte. À notre décharge, il faut dire que la nuit a été brève, ayant lu et jacassé jusqu'aux petites heures du matin. Le manuscrit de Jean-Benoît nous a tenu en haleine même si l'intrigue s'est révélée très différente de ce que nous avions vécu, elle a suscité des discussions passionnantes. Notre temps est compté, mais nos confidences, illimitées. À peine Flavie a-t-elle tourné la poignée que Jean-Benoît déboule dans notre chambre avec la fougue du conquérant. Il ne fait nul doute qu'il est bien réveillé, LUI ! Il tape dans ses mains pour nous secouer. L'effet est immédiat, mais pas des plus agréables…

– Si vous voulez passer la journée à Aix-en-Provence, c'est votre chance. J'ai trouvé un chauffeur pour nous y conduire.

– Pourquoi « nous » ? Tu ne dois pas aller au festival, aujourd'hui ? demande Flavie sans même prendre la peine de dissimuler un tant soit peu sa déception.

– Pas avant ce soir.

– Ah… C'est que Clémentine et moi, on pensait y aller juste toutes les deux.

– Qu'est-ce que tu veux que je te dise ? Les choses ne se passent pas toujours comme on veut dans la vie.

– Ouais, eh bien, la vie est injuste !

– Ça ne sert à rien de discuter, Flavie. Tu ne me feras pas changer d'avis. Il n'est pas question que je vous laisse vagabonder dans une ville que vous ne connaissez pas, sans surveillance. On a vu ce que ça a donné hier. Et puis, j'ai promis à ton père de garder un œil sur toi, Clémentine.

Je ne peux m'empêcher de marmonner :

– Pfft ! Dites plutôt qu'il veut s'assurer que je ne viendrai pas marcher sur ses plates-bandes.

– Pardon ?

– J'ai dit : très heureuse qu'on y aille tous ensemble !

– Tu vois, Flavie, il n'y a que toi qui n'es pas contente. Ça ne te fait pas plaisir de passer une journée père-fille ?

– T'es sérieux ?!

– Évidemment.

– On se voit tous les jours à la maison ! Vingt-quatre heures sur vingt-quatre, sept jours sur sept ! Clémentine et moi, on a à peine cinq jours sur trois cent soixante-cinq. Elle a clairement l'avantage sur toi.

Jean-Benoît semble méditer l'argument (fort pertinent, selon moi) soulevé par Flavie. Elle est douée ! Je le sens sur le point de céder au chantage affectif de sa fille.

– Une fois à Aix, vous serez tout à fait libres de

faire ce que vous voudrez. À condition de me dire où vous allez.

Caribou laisse échapper un cri de victoire.

– Mais si vous voulez y aller, c'est maintenant ou jamais. Le chauffeur nous attend. Vous avez deux minutes pour vous préparer.

Génial. J'ai une sale tête et je n'ai même pas le temps de prendre une douche. Si je parviens à retrouver Greg, ce sera donc avec une frange huileuse et une subtile, mais non moins perceptible, odeur de sueur. L'art de se mettre en valeur ! Décidément, tout se déroule pile comme je l'aurais souhaité (ou pas). On s'active donc, le désespoir collé au corps ; Flavie en raison de l'indésirable surveillance parentale, moi parce que mon apparence est au diapason de mon moral. Au ras des pâquerettes. Dans l'ascenseur qui nous descend au rez-de-chaussée, une affiche attire mon attention. C'est une pub pour les festivités d'après-demain. La fête nationale, ce n'est pas un événement qui me botte particulièrement. Je veux dire que je ne vois simplement pas le rapport entre la Révolution française et le fait de se bourrer la gueule au bal des pompiers en signe de commémoration. Ça n'a pas grand sens à mes yeux. Mais il reste que tout prétexte est bon pour admirer des feux d'artifice, alors même s'il pleut une fois sur deux, je me prête au jeu chaque année, en tâchant de me convaincre que ce sera une belle soirée. Et c'est généralement le cas, car c'est plus fort que moi, j'adore les feux d'artifice, l'odeur de poudre, le fracas dans le ciel, l'ambiance féérique de ces nuits-là. C'est très cinématographique tout ça.

L'an dernier à la même date, avec ma Québécoise dans les parages, il y avait plus de chances qu'on s'amuse, pour une fois et je m'étais promis de lui faire passer un moment inoubliable. Au final, c'est elle qui s'en est chargée. Mais pas tout à fait comme je l'espérais…

*
* *

La soirée avait pourtant bien commencé. Greg nous avait retrouvées avec quelques-uns de ses meilleurs potes. L'un d'eux était accompagné de sa copine, une petite bourge d'Aix-en-Provence, fringuée comme la princesse de Monaco. J'avais commencé à me foutre un peu de sa gueule d'héritière si précieuse, mais Greg m'avait vite fait comprendre que je ferais mieux de me tenir à carreau, son père avait des liens avec la mafia corse. « C'est une fille à papa et son vieux ne rigole pas. Fais gaffe à ce que tu dis. » Rien à branler, j'avais pensé. Elle aurait pu être la fille de Francis Ford Coppola – l'un des plus grands réalisateurs de l'histoire du cinéma – qu'elle ne m'aurait inspiré ni plus ni moins de respect. N'empêche que j'avais préféré en rester là parce que sa présence ne me faisait ni chaud ni froid. Bref, on en était à chercher le meilleur endroit pour se soustraire aux regards des adultes et fumer un petit pétard (gracieuseté de la bourge) quand Greg a sorti le grand jeu pour impressionner notre visiteuse d'Amérique. À croire qu'il n'avait jamais vu une touriste de toute sa vie. Il s'est mis à poser des milliers de questions à Flavie. « Ça te plaît, la France ? » « Tu kiffes Lourmarin ? » « Tu restes combien de temps, déjà ? » « Quand tu repartiras, il y aura une petite place dans tes bagages pour moi ? » Il enchaînait les mauvaises blagues et les allusions douteuses, espérant sans doute la séduire par le rire, mais c'était peine perdue. Flavie se contentait d'afficher un sourire figé. À mon plus grand soulagement, le charme n'opérait pas. Du moins, c'est ce que je croyais. On a allumé notre joint en retrait et tout se passait nickel, jusqu'à ce que Greg-le-tombeur ne soit plus l'unique allumeur. La fumette avait délié la langue de Caribou, qui à présent riait à gorge déployée, surenchérissant au délire de Greg, y allant même de ses propres vannes.

En temps normal, j'aurais tiqué de les voir aussi complices, mais ce soir-là leur connivence m'a carrément mise au supplice. Pas plus tard que la veille, celui que j'aimais m'avait en effet laissé entrevoir l'espoir que nous pourrions être un couple. Nous avions partagé une glace. Nous nous étions ensuite baladés, main dans la main, comme deux amoureux. Je réalisais brutalement que ce geste n'avait pas eu la même portée ni la même signification pour lui que pour moi. D'accord, on ne s'était pas embrassés ni rien fait de plus concret qu'entremêler nos doigts, mais à mes yeux cette nouvelle proximité allait au-delà de l'amitié. Je m'étais royalement gourée. Ce que j'ai pu être idiote ! me suis-je dit en y repensant. Je n'en pouvais plus de les voir se titiller mutuellement. J'en avais assez vu. Ça m'était à ce point insupportable que le besoin de m'éclipser s'est vite fait sentir. Mon amour-propre ne supporterait pas un roucoulement de plus. Je m'avouais vaincue. Pour l'instant.

16
Flavie

Poissons – votre horoscope du 12 juillet :
La position de la lune vous permettra de nouer
et de renouer de nombreux contacts intéressants.

Aix-en-Provence, France

Je me souviens très bien de notre visite à Aix-en-Provence l'été dernier. J'y avais passé un après-midi d'un ennui mortel en compagnie de ma mère qui magasinait des nappes et des beurriers aux couleurs provençales à offrir à tous les membres de la parenté « pour les contenter », qu'elle disait. Ses sœurs se plaignaient toujours qu'on ne leur rapportait pas de souvenirs de nos voyages ; voilà qui leur clouerait le bec. Pendant que maman négociait un prix d'ami pour acheter ses souvenirs à rabais, elle m'avait donné la permission d'aller flâner dans une librairie du cours

Mirabeau, la rue principale où s'alignaient les cafés, les restos chics, les boutiques de mode, les antiquaires et autres commerces en tous genres. Parmi les livres, ma journée commençait enfin à prendre une tournure intéressante. J'en étais à feuilleter un ouvrage de cartomancie quand j'ai surpris entre les rayons les bribes d'une discussion pour le moins intrigante. Une femme confiait à la libraire (que je devinais être son amie) qu'elle avait surpris son mari dans les bras d'une autre femme (sa boulangère, pour ne pas la nommer…) et qu'elle avait la ferme intention de se venger. J'avais l'impression d'être dans un roman de Pagnol, clichés en prime. La façon dont elle s'y prendrait m'a échappé, mais je me rappelle avec précision la réaction de la libraire. Ou plutôt, son absence de réaction, car cette confidence ne semblait pas la surprendre outre mesure, comme si elle était déjà au fait des incartades de l'homme dont il était question. Elle lui a tendu un bouquin en l'accompagnant d'un mystérieux « j'ai ce qu'il te faut ». De mieux en mieux. J'ai tenté de déchiffrer le titre du livre, mais ma mère a choisi ce moment pour faire irruption dans la boutique en m'interpellant sans grande discrétion. Ma cachette était découverte, la magie rompue. Je ne pouvais plus passer inaperçue, alors j'ai reposé l'ouvrage de cartomancie et je suis sortie de la librairie.

C'est à cet étrange échange que je repense à présent, tandis qu'à notre descente du véhicule, Clémentine et moi contournons la Rotonde et son imposante fontaine pour rejoindre le cours Mirabeau, sans trop savoir où nos pas nous guideront. Mon père a respecté sa promesse de liberté sous contrôle et est allé visiter l'atelier de Paul Cézanne, dont il m'a beaucoup parlé. Le peintre était né à Aix-en-Provence, il est indissociable de sa ville, qu'il n'a jamais quittée, tant il aimait sa lumière et sa montagne Sainte-Victoire qu'il a peinte sous tous les angles. Nous voilà livrées à nous-mêmes, seules en ville sous un soleil de plomb. Il fait si chaud ! Je résiste à la folle envie de faire saucette dans la première fontaine qui se présente pour me rafraîchir sous ses jets d'eau. Nous n'avons que quelques heures devant nous avant que mon père ne me texte pour me dire où il nous attendra à la fin de la journée pour rentrer à Avignon ; il nous faut mettre ce temps à profit le plus vite possible. Soudain, une idée : pourquoi ne pas aller nous renseigner sur la famille Gréco auprès de la libraire de mon souvenir, puisqu'elle semblait en savoir long sur les allées et venues des gens d'ici ? C'est juste à côté, sitôt dit, sitôt fait. Mais, à ma grande déception, pas de libraire connue dans la librairie. Peut-être qu'elle ne travaille pas aujourd'hui, ou qu'elle n'y travaille tout simplement plus du tout. Son remplaçant, un étudiant à l'air peu affable, ne m'inspire pas confiance. Je décide donc de passer mon chemin. Clémentine propose qu'on se rende plutôt dans un bar :

– Les serveurs font d'excellents confidents, c'est bien connu. Les gens ont tendance à se livrer quand ils ont un verre dans le nez.

– Bonne idée.

On aboutit donc au Terminus, le resto-bar situé à la jonction du cours Mirabeau et de la rue d'Italie. Installées à une petite table en terrasse, on commande une boisson gazeuse au serveur, espérant sans doute que les bulles nous monteront au cerveau pour nous apporter une quelconque illumination. Avant qu'il ne reparte, on lui pose notre question :

– On cherche quelqu'un. Peut-être pourriez-vous nous aider ?

– J'ai l'air d'un kiosque d'informations ? réplique-t-il sèchement avant de tourner les talons.

N'ayant rien manqué de la conversation, sa collègue intervient avec le sourire :

– Faut l'excuser. Romain vient de se faire larguer, il en veut à la terre entière. Vous cherchez qui, au juste ?

– Grégoire Gréco.

– Hum. Jamais entendu ce nom. Désolée.

– Il est facile à reconnaître, avec ses cicatrices. Il est partiellement défiguré…

Le sourire de la serveuse disparaît aussi vite qu'il est apparu et son doux visage se rembrunit.

– Non, je ne vois pas du tout.

Pourquoi ai-je l'impression qu'elle ne nous dit pas

toute la vérité ? C'est louche. Très louche, même. Je ravale encore une fois ma déception.

– D'accord. Merci quand même pour votre aide.

– C'est rien. À présent, je vais devoir vous encaisser, si vous n'y voyez pas d'inconvénient. Pour rester davantage, faut manger.

Je ne suis visiblement pas la seule à avoir noté son changement d'attitude, à en juger par le regard perplexe que me lance ma copine française. Clémentine est aussi dépitée que moi, sinon plus. Nous repartons bredouilles et confuses, pas plus avancées qu'à notre arrivée. Notre arrêt au Terminus a quelque peu étanché notre soif, mais a attisé notre curiosité.

– J'ai l'impression que la serveuse nous cache quelque chose, pas toi ? je demande, quelques mètres plus loin.

– Ouais, sa réaction était vraiment trop bizarre.

– Quelque chose me dit qu'elle le connaît…

Qu'avait-elle à gagner à nous mentir à ce sujet ? Je hausse les épaules, désappointée. Au lieu de se dissiper, le mystère entourant notre beau balafré ne fait que s'épaissir. Et moi qui pensais que Grégoire nous apparaîtrait comme par enchantement… J'avais tort. Tandis qu'on s'éloigne, une voix familière nous interpelle.

– Mesdemoiselles, attendez ! Vous avez oublié quelque chose !

Je fais volte-face. La serveuse vient à notre rencontre, la main tendue. Elle remet à Clémentine un bout de papier chiffonné sur lequel on peut lire : « Vous avez pas l'air de lui vouloir du mal. Je ne sais pas si c'est celui que vous cherchez, mais si c'est lui, vous le trouverez place des Cardeurs. » La voilà qui file sans même se retourner ni même attendre un signe de reconnaissance de notre part.

– M… merci ! s'exclame mon amie, abasourdie.

Mon cœur s'emballe un peu, surexcité par cette nouvelle piste aussi nébuleuse que prometteuse. On remonte l'avenue en bondissant comme sur des ressorts, le sourire fendu jusqu'aux oreilles. Je me sens gonflée d'une assurance neuve, inébranlable. Enfin, presque. Dix mètres plus loin, je commence déjà à flancher. Mon aplomb se met à fondre comme neige au soleil alors qu'on croise une horde de techniciens affairés à transporter les installations pyrotechniques du traditionnel feu d'artifice et à poser les décorations du non moins traditionnel bal des pompiers qui se tiendra après-demain.

*
* *

Avant l'été dernier, je ne savais même pas que la fête nationale française était le 14 juillet. C'était la première fois que je la fêtais. Clémentine et moi, on niaisait parce que les gars de la gang de Lourmarin n'avaient que ça en tête depuis des jours et ça nous faisait rire. Surtout Grégoire, qui parlait sans arrêt des pétards achetés pour l'occasion. Ça m'a pris un certain temps avant de comprendre qu'il parlait de feux d'artifice ; j'étais sûre qu'il faisait référence à des joints et, pour tout dire, j'étais un peu déçue en apprenant qu'il n'y aurait probablement rien à fumer. J'avais essayé la mari deux fois : la première avec mes cousins dans un party de Noël, l'autre avec Jenny, la fille d'une célèbre romancière bonne amie de papa, mais dont je tairai le nom pour ne pas entacher sa réputation. J'avais bien aimé le feeling, même si, avec Jenny, j'avais péché par excès de confiance et un peu trop abusé de ladite substance. Conséquence : mon cœur battait si vite qu'à un moment donné, j'ai cru qu'il allait me sortir de la poitrine et s'envoler. Ça aurait fait un beau spectacle, remarque. Sûrement plus que les feux d'artifice minables que Grégoire et ses « potes » comptaient faire sauter. Mais j'apprendrais bien assez vite – à mes dépens – qu'il y a bien plus redoutable que la marijuana pour faire battre le cœur.

À quelques détails près, je me serais crue chez moi à la Saint-Jean. Le drapeau brandi par les gens était différent, bien sûr, mais l'ambiance était tout aussi électrisante. Je soupçonnais les gars du groupe d'avoir consommé autre chose que le pastis imbuvable qui circulait dans notre cercle, formé de

Clémentine, de Grégoire, de Mehdi et de quelques autres jeunes de notre âge que je voyais pour la première fois. Des résidents de Lauris, le village voisin, pour la plupart. Quand Clémentine s'est éloignée pour soulager sa vessie, Grégoire en a profité pour m'entraîner plus loin, prétextant une bonne nouvelle qu'il ne voulait pas partager avec les autres. Juste avec moi. Ce maudit Français exerçait sur moi une telle attraction que je ne pouvais pas lui résister. Je le trouvais à la fois insupportable et magnifique. Surtout, surtout, je le savais intouchable. Clémentine n'avait pas eu besoin de m'en parler pour que je sois au courant de ses sentiments pour son ami d'enfance. Son attitude et ses regards parlaient pour elle. Et mon amie était la dernière personne que j'aurais voulu trahir. Or, c'est précisément ce que j'ai fait à la seconde même où Grégoire s'est penché sur moi.

– Devine quoi, m'a-t-il soufflé au visage.

Son haleine chargée d'alcool sentait l'anis.

– Heu… je sais pas. Tu as inventé un rince-bouche révolutionnaire ?

– Ha ! Ha ! J'adore ! Non. T'as droit à un autre essai.

– J'sais pas, pour de vrai. Je donne ma langue au chat.

– C'est à moi que tu devrais la donner…

– Heu… quoi ?

– J'ai retrouvé la boucle d'oreille que tu as perdue l'autre jour. Tu avais l'air d'y tenir.

Bien que faiblement éclairé par la lune, son beau visage irradiait. Mais Grégoire avait l'attitude d'un coq de basse-cour. Un coq un peu ivre.

– Tu me niaises ?!

– Pas du tout. Regarde.

Il a tendu son poing fermé, doigts vers le haut, puis, d'un air énigmatique, l'a ouvert tout en guettant ma réaction. Sa main était vide. J'ai croisé les bras sur ma poitrine en reculant d'un pas. Pur réflexe de méfiance.

– Donc, j'avais raison, tu me niaises.

– T'es mignonne quand t'es vénère. Je devrais te faire perdre patience plus souvent.

– Vénère ?!

– Énervée en verlan.

Mon regard interrogateur l'a encouragé à préciser, un peu agacé :

– À l'envers. Ver-lan : l'en-vers. Tu piges ?

– Ah bon. C'est pas que ça m'ennuie, le jeu des anagrammes, mais tu m'excuseras, je vais retourner faire la fête avec les autres.

– Attends !

J'ai pensé qu'il voulait que je lui explique ma blague d'intello sur les anagrammes, mais non. Il a posé une main sur mon bras pour me retenir – ou alors était-ce pour garder son équilibre ? – et, sans me lâcher des yeux, il a plongé l'autre dans la poche arrière de son jean en titubant légèrement. Quand sa main est réapparue, ma boucle d'oreille s'y trouvait. Comme par miracle ! Sauf que cet exploit ne relevait pas de la magie. L'avait-il retrouvée par simple dévouement amical ? Un entêtement un peu étrange venant de lui ? Car s'il l'avait retrouvée, c'était forcément qu'il l'avait BEAUCOUP cherchée. On ne tombe pas par hasard sur un bijou égaré. De toute façon, je le dis et le redis : je ne crois pas au hasard. En revanche, je veux bien croire en la gratitude parce qu'en cet instant précis, j'étais si heureuse d'avoir retrouvé cette boucle d'oreille que je croyais perdue à jamais, que j'avais juste envie de lui sauter dans les bras pour lui témoigner mon entière et totale reconnaissance éternelle. Sérieux, j'en avais même perdu mes mots, ce qui m'arrive rarement, mais aucun ne me semblait assez fort pour le remercier. Cette boucle d'oreille offerte par ma grand-mère avait une telle valeur à mes yeux que j'en avais les larmes aux yeux. Flairant ma vulnérabilité, Grégoire m'a serrée dans ses bras, et ce geste m'a instantanément apaisée, malgré moi. Je mentirais si j'affirmais le contraire. J'avais beau me raisonner en me répétant que ce n'était pas un crime de se faire consoler, qu'il n'y avait aucun mal à se laisser aller à un élan d'amitié sincère, je savais pertinemment que Clémentine serait hors d'elle si elle nous voyait. Je me suis braquée quand Grégoire, profitant de la situation, m'a subrepticement glissé à l'oreille :

– Ça mériterait plus qu'un simple câlin, tu trouves pas ?

J'étais un peu choquée. Je ne lui avais jamais rien demandé. C'était lui qui avait entrepris de chercher ma boucle d'oreille, comme un grand. À ma connaissance, personne ne l'y avait forcé. Pour toutes ces raisons et plus encore, ma conscience me chuchotait que je n'avais pas à lui être redevable de quoi que ce soit, mais mon cœur, troublé par l'intérêt qu'il me portait, venait semer le doute en moi. Peut-être avait-il mérité un innocent baiser, après tout.

– Ça dépend. Qu'est-ce que tu veux en échange ?

Pour gagner du temps, je me rabaissais à marchander la valeur de mes remerciements comme on négocie le prix d'une babiole d'occasion sur Kijiji. Ma dignité avait connu de meilleurs moments. Il ne me lâchait plus et j'étais de plus en plus mal à l'aise de le sentir contre moi. Lorsque ma main a frôlé sa cuisse par erreur, j'ai cru que j'allais mourir sur place, tant j'avais honte. J'ai fait un bond en arrière et je me suis sentie mieux avec cet espace raisonnable retrouvé entre lui et moi. Il m'a attrapée l'épaule d'une poigne douce, mais ferme. L'expression « une main de fer dans un gant de velours » aurait pu me venir à l'esprit si je n'avais pas été aussi abasourdie par la tournure insolite que prenait cette soirée.

– Je sais que tu meurs d'envie de m'embrasser, Caribou, c'est juste que tu es timide.

– Arrête de prendre tes désirs pour des réalités !

J'essayais de faire la fière, mais il n'avait pas tort. Il avait même plutôt raison. Ce qu'il ne comprenait pas, en revanche, c'est que si une partie de moi en avait peut-être envie, l'autre, plus sensible et intuitive, gardait en tête que si Clémentine surgissait – ce qui pouvait arriver d'un moment à l'autre –, ce serait terrible. Et je n'étais pas non plus convaincue d'avoir envie de savoir ce qui se passerait si Grégoire cherchait à aller plus loin. La fête battait son plein et nous étions à l'écart, complètement soustraits aux regards. Je me trouvais terriblement stupide d'avoir accepté ce tête-à-tête. À quoi est-ce que je m'attendais ? J'aurais dû me méfier de son prétendu secret. Grégoire avait bien senti que j'avais des sentiments ambigus à son égard, ou alors il avait lu dans mes pensées.

– Il y a que toi et moi, ne t'inquiète pas, ici on est à l'abri des regards indiscrets.

C'était bien ça, le problème. Mais lui semblait se réjouir de la situation. Un avantage dont il ne pouvait s'empêcher de vouloir tirer profit, comme n'importe quel fils de bonne famille à qui on a répété depuis sa naissance qu'il pouvait obtenir tout ce qu'il voulait à condition de savoir taper aux bonnes portes et saisir les meilleures occasions. Il a donc fondu sur moi pendant que j'essayais de me faufiler pour lui échapper sans y parvenir. Il a plaqué ses lèvres contre les miennes. J'étais paralysée. Au début, c'était maladroit, mais bien moins désagréable que je ne l'aurais imaginé. Si quelqu'un m'avait dit que j'échangerais mon premier baiser avec un *douchebag* en jean slim dans un village perdu de Provence, je lui aurais ri au visage, tant ça m'aurait paru improbable. Je lui résistais mollement. Pas tout à fait consentante ni totalement réticente à l'expérience. Semi-absente. Les choses se sont corsées quand ses mains se sont mises à se balader un peu partout sur mon corps. Elles effleuraient le bas de mon dos avant de se faire plus pressantes sur mes fesses. Ce contact me gênait, je me crispais sous ses caresses de moins en moins désirées, mais je ne disais toujours rien. J'avais peur qu'il me trouve niaiseuse. Pire, sainte nitouche ! Quand ses doigts brûlants se sont glissés sous mon gilet, ça m'a fait l'effet d'une douche froide. Mon corps s'est réveillé. Je me suis mise à trembler de façon incontrôlable. Je voulais qu'il arrête, je n'étais pas prête à aller plus loin. Il l'a compris.

– Ça va pas ?

– Non… Je… je peux pas faire ça.

– Ah bon, j'avais l'impression que c'était ce que tu voulais pourtant…

Je l'ai laissé en plan avec ses sous-entendus, en m'excusant comme une imbécile, et il ne m'a pas retenue cette fois. Avant de rejoindre les autres, j'ai pris soin de dompter ma tignasse et de remettre mes vêtements en place. Il ne fallait surtout pas que les autres devinent ce qui venait de se passer. Pourtant, alors que je m'approchais du petit groupe, mon regard a aussitôt croisé celui de Clémentine et j'ai su immédiatement qu'elle avait compris qu'il s'était passé quelque chose entre Grégoire et moi. Et il était clair aussi qu'elle me tenait pour entièrement responsable ; son visage avait une expression à faire peur. Je ne reconnaissais plus mon amie, que la jalousie aveuglait. Mon langage corporel avait trahi mon malaise, et mon visage n'avait de toute manière jamais été capable de garder un secret. Quand j'ai vu Clémentine s'enfuir en courant, la rage au corps, la honte s'est abattue sur moi. Je me suis sentie sale. Tellement sale qu'un bain de purin n'aurait pu me souiller davantage. J'avais trompé ma seule amie. Je me détesterais toute ma vie.

Une douleur diffuse dans ma paume m'a tirée de ma torpeur. C'est alors seulement que je me suis souvenue de la boucle d'oreille que je tenais fermement dans mon poing fermé. J'ai ouvert ma main meurtrie par le fermoir du bijou, et étudié celui-ci à la lueur de la lune. Cette inspection m'a troublée encore plus que je ne l'étais déjà. Cette boucle d'oreille était neuve et n'avait vraisemblablement pas appartenu à grand-mère. Je m'étais fait avoir sur toute la ligne.

*
* *

– Flavie ! Ça va ?!
– Hein ? Quoi ?
– Est-ce que ça va ?
– Oui, oui, je bafouille.
– Tu es toute blême !

Clémentine a cessé d'avancer pour mieux me dévisager. Les rues retrouvent instantanément leurs couleurs et leurs odeurs, je suis de retour à Aix. Ce n'était qu'un souvenir, mais la douleur diffuse dans ma paume, elle, est bien réelle. J'y découvre quatre profondes marques rouges en forme de demi-lune. Mes ongles y ont laissé leurs traces. Et contrairement à celles laissées par Grégoire, celles-ci sont bien visibles…

17
Clémentine

« Eh bien, tu m'as encore fichu dans un beau pétrin ! »

– *Les Compagnons de la nouba* (1933)

Lourmarin, France

Je lui ai fait la gueule pendant quatre jours. Quatre longues journées durant lesquelles Flavie m'a suppliée par tous les moyens de lui laisser une chance de s'expliquer. Elle m'a téléphoné, envoyé des SMS désespérés, a patienté des heures devant notre villa dans l'espoir que j'accepte enfin de lui parler. Mais je m'entêtais à rester cloîtrée dans ma chambre, car j'en voulais au monde entier. Du côté de Greg, c'était silence radio. Il n'a même pas cherché à me contacter. Vous dire à quel point je le détestais ! Je les haïssais tous les deux mais, les jours passant, ma colère envers Flavie s'atténuait un peu. Au moins, elle avait la décence d'éprouver de la culpabilité.

Au quatrième jour, je lui ai ouvert ma porte. Je gardais un arrière-goût amer des festivités, mais j'en avais marre de voir son ombre errer dans notre allée comme un fantôme. Je l'ai affrontée sans ménagement, sans me soucier de son teint blême et de ses yeux piteux.

– Je peux savoir ce que vous avez fait, Greg et toi, quand vous vous êtes éclipsés l'autre soir ?

– …

– Vous vous êtes chopés, pas vrai ?

– …

Son silence mettait mes nerfs à rude épreuve. Elle avait enfin l'occasion de se justifier, et elle se taisait. J'enrageais.

– Allez ! Avouc.

– C'est pas ce que tu penses.

– C'est quoi, alors ? mz suis-je énervée.

– Si par « choper », tu entends « embrasser », alors c'est vrai, mais…

– Oh, putain. JE LE SAVAIS !!!

– Clem, je te jure que je voulais pas. C'est lui qui m'a sauté dessus sous prétexte qu'il avait retrouvé ma boucle d'oreille.

– Et toi, tu t'es dit que ça valait bien le coup d'en profiter.

– Non ! Je lui ai dit d'arrêter. Sauf qu'il ne m'a

pas écoutée. Il a fait comme si de rien n'était, pis moi, ben… je savais pas quoi faire, j'étais tétanisée et je me suis laissé faire, pardonne-moi, Clem…

Sa voix déjà chevrotante s'est brisée. Elle a baissé la tête, honteuse. Totalement incapable de soutenir mon regard accusateur. J'ai alors explosé d'une rage indicible.

– Le salaud ! Comment a-t-il pu oser me faire ça à moi ? Il m'a laissé croire qu'il pourrait y avoir quelque chose entre nous et BAM ! il se jette sur toi. C'est dégueulasse ! Ignoble ! Ça me donne envie de gerber.

– T'es pas la seule…

Je me sentais trahie, ça me rendait malade de penser que Grégoire avait foutu la merde entre ma nouvelle amie et moi, en ne pensant qu'à sa gueule, comme d'habitude. Quel putain d'égoïste, en plus d'être un gros manipulateur ! Son comportement ne devait pas resté impuni. Greg-le-tombeur allait devoir payer pour ses crimes. C'est à ce moment très précis que Flavie a eu l'idée du siècle.

– Tu sais ce qu'on devrait faire ?

– Non !… Quoi ?

– On devrait lui donner une bonne leçon.

– Ah oui ? Et comment ?

Mon ton contenait plus d'agressivité qu'une sincère curiosité. Qu'à cela ne tienne, Flavie était bien déterminée à m'exposer son plan d'action.

– T'as déjà entendu parler de rituel d'enlaidissement ?

– Je t'en prie, Flavie, je suis pas d'humeur à déconner.

– Je n'ai jamais été aussi sérieuse.

J'ai pensé : « Hou là, je n'ose même pas imaginer ce que c'est lorsqu'elle n'est PAS sérieuse… », mais je me suis bien gardée de partager cette réflexion. J'ai haussé les épaules, je ressentais une infinie lassitude. Rien ni personne ne pourrait me consoler, mais ça valait tout de même le coup d'essayer, ne serait-ce que pour donner une seconde chance à notre amitié. Flavie a semblé agréablement surprise que je ne soulève aucune objection. Ça venait la conforter quant à la nécessité de son entreprise. J'ai même eu le sentiment qu'elle s'en sentait soulagée, comme libérée d'un poids immense. Greg ne s'en tirerait pas aussi facilement. Savoir qu'il allait payer les conséquences de son acte apaisait notre conscience.

*
* *

J'ai traversé le village en sprintant pour ne pas louper notre rendez-vous. C'était raté ; mon portable indiquait 21 h 09. En freinant ma course devant la petite cabane secrète derrière le château, j'ai tiré sur la maxi robe noire moulante que j'avais revêtue pour l'occasion et qui avait profité de la course pour me remonter au-dessus des genoux, puis j'ai tourné la poignée. Flavie a froncé les sourcils en nous découvrant sur le pas de la porte, mes breloques et moi.

– J'avais dit des vêtements amples ! Et spécifié : pas de noir ni d'accessoires…

Sa moue réprobatrice m'a arraché un sourire. Le ton de ma copine québécoise se voulait autoritaire, mais son air sévère, lui, n'avait rien de crédible. Il était presque risible. Je ne me suis pas gênée par pour le souligner avec une arrogance toute feinte.

– Bah ! Si je dois jouer les sorcières, aussi bien y aller à fond.

Mon sens de l'humour a fait mouche, comme d'hab. Caribou a tiré la langue avant de me lancer un grand châle en soie couleur de feu que j'ai noué autour de mes hanches.

– C'est mieux que rien. Mais faudrait aussi que tu enlèves tes bijoux et ta brassière.

– Ma quoi ?!

– Ton soutien-gorge.

– Oh oui, mais bien sûr ! ai-je ironisé pour ne pas laisser poindre mon malaise. Et tu peux me dire pourquoi je retirerais mon soutif ?

– Pour être libre de tes mouvements. Il faut qu'on soit le plus à l'aise possible.

Je l'ai toisée les bras croisés, un sourire en coin.

– Perso, mon soutif ne m'a jamais empêchée de bouger ni de faire quoi que ce soit. C'est de la foutaise, tout ça ! L'auteur de ce bouquin est un foutu pervers, si tu veux mon avis…

Elle s'est renfrognée.

– C'est mon père.

Je la regardai sans comprendre, poussant l'affront jusqu'à lui demander des explications.

– Pardon ? Tu dis ?

– C'est mon père qui l'a écrit, le livre.

– Oh, désolée ! Je n'ai vraiment pas voulu t'offenser.

– Ça va, tu ne pouvais pas savoir. Mais mon père n'a rien d'un pervers, je te jure. Il ne fait que rapporter ce qu'il a lu dans tous les livres de sorcellerie et les grimoires qui lui sont tombés sous la main.

– Bien sûr, je te crois. Pour ton père, en tout cas… Pour la magie, on verra.

– Oui, tu vas voir ! Mais avant…

Je l'ai sentie hésiter. Elle avait quelque chose à me demander, et mon petit doigt de fée (ou de sorcière ?) me disait que ça ne me plairait pas.

– Avant, quoi ?!

– Tu vas devoir éteindre ton cellulaire aussi.

– Mon portable ? T'es sérieuse ?!?

Elle m'a répondu d'un hochement de tête catégorique. Cette fois, c'en était trop pour moi ! Je voulais bien m'affubler d'un affreux carré de soie et libérer mes petits seins ridiculement pointus de leur prison de tissu, mais je refusais de m'affranchir du monde extérieur en renonçant à la technologie. Même pour un rituel de magie.

Je ne savais pas à quoi m'attendre, ce soir-là, en entrant dans notre cachette plongée dans la pénombre. Mais alors, pas le moindre indice. Si j'avais su ce qui se passerait ensuite, j'aurais sûrement tenté de raisonner Flavie afin qu'elle comprenne que c'était une mauvaise idée. Mais ma curiosité avait été irrémédiablement piquée et je faisais semblant d'y croire, car cela apaiserait ma souffrance. J'avais envie d'aller jusqu'au bout, d'expérimenter mon premier rituel. Peu à peu, mes yeux se sont habitués à l'obscurité. Mon cœur s'est emballé à la vue de son matos de sorcellerie, j'ai savouré ma première poussée d'adrénaline comme une irrésistible montée de fièvre. À vue d'œil, sa besace semblait contenir suffisamment de chandelles pour illuminer le gâteau d'anniversaire d'un centenaire (bon, j'exagère un peu, mais à peine). Elle avait aussi apporté de la farine, assez pour confectionner le gâteau en question d'ailleurs. Mais notre soirée de sorcière n'avait rien à voir avec une quelconque préparation culinaire. Comme ces pensées me traversaient la tête, je n'ai pas pu m'empêcher d'éclater d'un rire nerveux en la voyant sortir des bâtonnets de cannelle et un gros champignon tout rond. Ce n'était pas très impressionnant, même à la lueur des bougies ! Le mariage des saveurs n'était décidément pas sa force. Je me suis d'ailleurs permis de lui faire une vanne à cet effet, mais elle n'a pas relevé, toute concentrée qu'elle était à relire ses incantations.

– Il faut que je les apprenne par cœur, c'est super important ! Sinon je risque de bafouiller pendant le rituel, et l'entité qu'on invoque pourrait en profiter pour se retourner contre nous…

Elle en avait déjà trop dit. J'aurais dû prendre mes jambes à mon cou, mais j'étais scotchée sur place. Ma curiosité s'était muée en une soif inassouvie, un besoin irrépressible de flirter avec le mal. Je suis douée pour m'attirer des ennuis. Flavie s'est ensuite appliquée à tracer ce qu'elle a appelé notre « cercle magique ». Je venais de comprendre à quoi servirait le kilo de farine… Elle a répandu la moitié du sac en un large cercle imparfait d'une circonférence d'environ trois mètres. Puis elle s'est plantée dos à moi, face tournée vers la porte. Son ombre se découpait sur le mur, et la lumière tamisée formait comme un halo rougeâtre autour d'elle. Elle a allumé un bâtonnet d'encens en se mettant à déclamer un texte de manière d'abord imperceptible, puis de plus en plus audible au fur et à mesure que sa voix prenait de l'aisance. Elle s'adressait à un certain Urieus, gardien de la tour de l'Est. Elle s'est déplacée ensuite vers la gauche, qui s'est avéré être au sud, comme je l'ai appris un instant plus tard lorsqu'elle s'est mise à réciter :

– « *J'invoque le gardien de la tour du Sud, Amayon, puissant esprit maléfique qui veille sur le feu sacré et fait jaillir les flammes de l'enfer sur la terre. Je te convie à notre cérémonie et te prie de nous faire jouir de tes essences malveillantes et de tes maléfices pour envoûter celui que nous voulons punir, pour notre plus grand bénéfice. J'invoque aussi Djinn, souveraine du feu, qui règne sur les amphibiens, les farfadets et les lutins, gardienne des trésors créés par l'action du feu et dont la puissance et les pouvoirs sont grands.* »

On aurait dit qu'elle avait fait ça toute sa vie. Ses gestes étaient si précis, j'avais l'impression d'assister à une chorégraphie bien rodée. Ne restaient plus que deux points cardinaux, l'ouest puis le nord, pour lesquels elle a prononcé une prière différente tout en jetant en l'air des pincées de sel. Tous ces esprits invoqués semblaient drôlement maléfiques, à en croire leur présentation. Je n'étais plus si certaine d'avoir envie de faire leur connaissance… Puis est venu le moment de tracer un second cercle à l'intérieur du premier. Cette fois, Flavie a remplacé la farine par du sel. J'en ai déduit que certains esprits devaient préférer le salé.

– C'est le cercle de confinement. Une sorte de périmètre de sécurité pour empêcher l'entité de franchir les limites qu'on lui impose.

– Si tu le dis.

Elle m'a mise en garde :

– Il ne faut JAMAIS le briser !

J'en suis venue à croire que ladite entité était sacrément rebelle, voire incontrôlable. Mon malaise grandissait, mais je n'en laissais rien paraître. Du moins, c'est ce que j'espérais. Pas question que je laisse l'entité profiter de ma vulnérabilité !

– Tu as apporté la photo de Grégoire que je t'ai demandée ?

J'ai acquiescé, incertaine d'assumer cette prise de risque jusqu'au bout, comme si cela pouvait vraiment fonctionner… ou déraper. Je m'étais toujours moquée de l'univers de la magie, mais je me découvrais à l'instant une réticence à livrer ainsi mon ami d'enfance sur l'autel de nos délires aveuglés. J'ai cédé toutefois devant l'insistance de Flavie, qui a déposé la photographie de Greg sur le carré de tissu noir qu'elle avait pris soin d'apporter. Elle s'est emparée du gros champignon blanc pour le mettre sur la photo, puis a entrepris de le cribler de petites taches disgracieuses à l'aide de son feutre noir et de son feutre rouge.

– C'est pour imiter de l'acné, s'est-elle justifiée. Des gros boutons dégeulasses.

Je trouvais qu'elle y allait un peu fort avec toute cette histoire, ce qui ne m'a toutefois pas empêchée de lui filer un coup de main pour mélanger l'eau et la terre de façon à produire une boue grumeleuse qu'elle s'est chargée d'étendre sur le pauvre champignon pour simuler du pus et de l'infection (selon ses dires, toujours). Perso, j'avais plutôt l'impression de jouer avec ma nourriture, sacrilège hautement puni par mes parents. Ça devenait amusant (quoique salissant). Une fois l'incantation terminée, il ne restait plus qu'à nouer ensemble les quatre coins du carré de tissu avec le ruban noir qui retenait jusqu'alors les cheveux de Flavie, puis à aller jeter le tout à la décharge publique.

Le rituel s'est déroulé dans un flou contrôlé. Je me sentais à la fois détachée et détendue, comme si j'y assistais à travers les yeux d'une autre. Ce ne pouvait pas être moi, cette nana enroulée dans un châle et débitant des âneries, bercée par cette étrange litanie. La transe me guettait. À moins que ce ne soit la folie ? J'avais officiellement été initiée à la magie noire et, même si je n'aurais jamais osé l'avouer à mon amie, je ne pouvais désormais me mentir à moi-même. Je n'avais jamais rien vécu d'aussi… mystique. Je venais d'être piquée par une mouche. J'avais malgré moi contracté la fièvre ésotérique. C'est grave, docteur ?

18
Flavie

Poissons – votre horoscope du 12 juillet :
Il faut parfois lever le voile sur le passé pour mieux interpréter le présent. Ne vous laissez pas prendre au piège de vos émotions.

Lourmarin, France
(été précédent)

Ce rituel était voué à l'échec. J'aurais dû m'en douter. D'abord parce qu'on n'avait pas respecté la consigne de temps. Nous n'étions pas « le neuvième jour après la pleine lune », comme indiqué dans le grimoire que j'avais consulté avant mon départ. Ensuite parce qu'on avait rompu le cercle de confinement. *Clémentine* l'avait rompu, plus précisément. J'avais pourtant pris la peine de la mettre en garde sur les dangers de briser le cercle, mais elle n'en avait fait qu'à sa tête, comme toujours. Et puis, à ma grande honte, parce que j'avais bafouillé comme une débutante en récitant l'incantation.

À toi, Grégoire Gréco,
Nous offrons ce rituel
visant à t'enlaidir et à te rendre répugnant ;
ta beauté et ton charme partent en fumée,
ton visage devient monstrueux, disgracieux, déformé,
les gens évitent de te regarder, car tu es laid à vomir,
chaque jour, c'est de pire en pire,
tu deviens moche… tout simplement.

J'avais apporté tout ce qu'il fallait : trois bougies noires, un bâton d'encens de cannelle, un carré de tissu noir, une photo de Grégoire (fournie par Clémentine), deux feutres (un noir et un rouge), un gros champignon blanc, un peu de terre, un peu de farine, un peu d'eau ainsi qu'un ruban noir. Je n'avais rien oublié. Pas même la baguette magique que je m'étais confectionnée quelques jours plus tôt avec une branche d'olivier (on se débrouille comme on peut, c'est ce qu'on appelle le système D). Bref, ça aurait dû fonctionner. Mais c'était sans compter que je n'ai pas – et n'aurai jamais – l'âme d'une sorcière de magie noire. Je suis blanche, que je veuille (ou non) me l'avouer.

*
* *

C'est pour cette raison que je tiens tant à retrouver Grégoire, un an plus tard : pour faire la paix avec celle que je suis. Pour me réconcilier avec la part d'ombre tapie au fond de moi et faire jaillir la lumière dans ma vie.

Plus on approche de l'endroit où Grégoire Gréco est censé se trouver, plus le soleil gagne en intensité. Je pourrais presque visualiser les rayons UV qui me dardent la peau. La lueur est vive et la chaleur, suffocante. Même les cigales ont arrêté de chanter. Comme cette fameuse nuit. Moins d'une heure plus tôt, on entendait encore leur chant, trame sonore monotone, assourdissante et, surtout, annonciatrice d'une autre journée d'été caniculaire (tout aussi suffocante, la journée).

*
* *

Le paisible bourg de Lourmarin était sous anesthésie. Pas un bruit dans les rues mal éclairées, étrangement désertes et surchauffées au cœur de la nuit. Un cri glaçant a soudain déchiré le silence. Un éclair foudroyant avait atteint sa cible et venait de mettre fin à jamais à la magie de notre été.

Le jeune Gréco a été découvert alors qu'il gisait inconscient au beau milieu de l'allée de la villa familiale, le visage en sang, atrocement lacéré, défiguré. Le flanc et le bras droits calcinés. Sa plaie béante fumait encore lorsque les secours sont arrivés. Les voisins sont sortis des maisons alentour… Un second cri a retenti. Celui d'une mère retrouvant son fils, victime d'un inconcevable et atroce accident. Puis un bourdonnement sourd s'est élevé peu à peu tout autour, la rumeur des hommes en pyjama et des femmes en robe de chambre, agglutinés comme des mouches devant la somptueuse villa. Grégoire Gréco a été transporté jusqu'à l'ambulance sur une civière, suivi de près par sa mère, hystérique. Il bougeait la tête en tous sens comme s'il avait perdu le contact avec la réalité, mais la brume a semblé se dissiper un instant lorsque son regard a croisé le mien, trahissant toute la terreur qui nous habitait. Puis Grégoire Gréco s'est à nouveau évanoui sous l'effet de la douleur, et la nuit l'a englouti.

*
* *

– C'est par là, je crois.

La voix de Clémentine me tire de ma torpeur et m'extirpe du brouillard dans lequel ce souvenir m'a plongée. Mon amie pointe le doigt dans une direction, je regarde dans l'autre. Nous pensions connaître le chemin, mais rien n'est moins certain. Il vaudrait probablement mieux que nous nous informions auprès des passants avant de nous enfoncer trop profondément dans la vieille ville.

19
Clémentine

« Le coup le plus rusé que le diable ait jamais réussi,
c'est de faire croire à tout le monde qu'il n'existait pas. »
– Kevin Spacey, alias « Verbal » Kint,
dans *Usual Suspects* (1995)

Aix-en-Provence, France

Nous fiant à ce que nous a dit la serveuse du Terminus et grâce aux indications glanées petit à petit auprès de piétons, nous arrivons à une place rectangulaire gigantesque, ceinturée d'immeubles anciens aux tons pastel, jaune, orange, beige. La place des Cardeurs, enfin. Jusqu'ici, tout baigne. Caribou et moi avançons vers le centre où je repère un banc libre. Ça me semble être un endroit de choix pour se poser et observer les gens. En contrepartie, c'est potentiellement la pire planque pour ne pas être vues.

– J'ai soif ! Allons plutôt nous asseoir à la terrasse là-bas. Ils font un deux pour un sur les boissons, annonce gaiement Flavie en montrant un petit bistro très prisé par les étudiants.

Elle m'amuse avec ses expressions ! Cela dit, pas étonnant que ce bar attire une clientèle aussi jeune, même avant l'*happy hour*. Les consommations coûtent un prix dérisoire. On s'installe à l'extérieur, à une minuscule table, en bordure de la terrasse. On doit rester sur le qui-vive, prêtes à agir si l'occasion se présente. J'essaie d'attirer l'attention du garçon, en vain. J'en déduis que notre décolleté n'est pas assez plongeant pour qu'il daigne nous accorder un semblant de service. Caribou propose d'aller directement au comptoir pour commander. Je salue son initiative pendant qu'elle lève son popotin de son siège en rotin. C'est alors que j'aperçois un type étrange qui sort d'un resto le visage dissimulé par une capuche. Il faut être sado pour se vêtir aussi chaudement par une journée de canicule ! Ou avoir quelque chose à cacher. Son corps disparaît sous ses vêtements amples, mais il me fait immédiatement penser à Greg. Même taille, même carrure (non mais, vous avez vu ces épaules ?), même démarche nonchalante. Mes genoux commencent à fléchir. C'est lui. C'est bien lui. *OHMYGOD-OHMYGOD-OHMYGOD-OHMYGOD-OHMYGOD !* Je fais comment pour ne pas m'évanouir ? À cet instant crucial et critique, ça paraît presque inévitable, je vais tomber dans les vapes. Quand elle revient, Flavie remarque Greg à son tour. Elle devient hystérique, bondit sur sa chaise avant de s'aggriper à la table en murmurant frénétiquement : « Il est là ! Il est là ! » comme une gamine de trois ans qui s'apprête à rencontrer le père Noël pour la première fois. Mon enthousiasme est déjà retombé comme un soufflé. En fait, je commence grave à angoisser. La dernière fois que je l'ai vu, c'était le soir du drame. La foudre venait juste de le frapper et ses chairs calcinées l'avaient rendu méconnaissable. J'ai tenté de lui rendre visite à l'hôpital les jours qui ont suivi, mais il avait catégoriquement interdit à quiconque l'accès à sa chambre, à l'exception de ses parents. À quoi m'attendre, aujourd'hui ? Et si je le trouvais repoussant et ne parvenais pas à surmonter mon dégoût malgré ma bonne volonté ? Je n'ose y penser. Devinant mon trouble, Flavie reprend son sang-froid.

– On devrait le suivre, suggère-t-elle. Il ne doit pas nous échapper !

– Ouais, mais faut faire gaffe. Il ne doit pas nous voir, non plus.

– Va bien falloir l'aborder d'une façon ou d'une autre pour pouvoir s'expliquer.

– Je ne suis plus si sûre d'en avoir encore envie, si tu veux tout savoir.

Flavie est sonnée. Je lui aurais foutu une baffe, ça lui aurait fait le même effet. Son joli minois se décompose sous l'effet de la surprise. On croirait assister à la zombification d'un mort-vivant, le teint verdâtre en moins.

– On est là pour quoi, d'abord ? me demande Flavie, sur la défensive.

– Pour lui parler lorsqu'on jugera le moment opportun. S'excuser pour notre rituel à la con et lui demander des excuses pour la façon dont il t'a traitée.

– Qu'est-ce que tu veux dire ?

– Madame Rose avait raison de dire que tu gardes en toi une colère refoulée. Tu dois te rendre à l'évidence : Greg t'a manqué de respect. Il s'est servi de toi comme d'un vieux mouchoir dont on peut disposer.

– Ce n'était peut-être pas si grave…

– Non, Flavie, je ne suis pas d'accord. Greg doit savoir qu'il s'est comporté comme un porc. Et qu'il a mérité ce qui lui est arrivé, le soir de l'orage.

Cette fois, j'exagère, c'est vrai, et je suis horrifiée par ces derniers mots que je n'ai pu retenir. Je ne sais plus où j'habite, je suis remontée contre elle, contre lui, mais contre moi, surtout. Je m'en veux d'avoir été amoureuse d'un sale type, comment ai-je pu me tromper à ce point sur quelqu'un ? Et pourquoi, sachant cela, je continue à avoir désespérément envie de le revoir ? Je me déteste d'éprouver ces sentiments. Tout pour donner les chocottes à Flavie qui, de son côté, est désormais en pleine crise de panique.

– Comment tu peux dire des choses comme ça ? Tais-toi, tais-toi !!! Des plans pour qu'il lui arrive encore malheur !!! Tu vas nous attirer le mauvais sort, faut pas rigoler avec ça !!!

J'ai réveillé la fibre superstitieuse, jamais bien loin, de mon amie. Parfait. Je peux être fière de moi ! Je remporte la palme d'or de la diplomatie, catégorie « meilleure mauvaise amie ». Je suis d'une aide inestimable quand il s'agit de faire en sorte que les gens se sentent mal. Mais concentrées sur nos angoisses respectives, nous ne remarquons pas que Greg, enfin, celui que nous prenons pour lui jusqu'à éventuelle preuve du contraire en tout cas, en a profité pour filer par une des rues qui partent de la place. Disparu, évaporé. Alors là, chapeau, bonne chance pour le retrouver ! Même si nous choisissons la bonne rue au hasard, nous ne pouvons pas espérer autant de chance dès la première intersection. Me passe par la tête que l'instinct de madame la sorcière, ici présente, pourrait nous aider, à défaut d'avoir une piste plus tangible… Mais l'air hagard de Flavie m'informe qu'il ne faut pas trop compter là-dessus. Je la tire par la bretelle de son sac à dos et nous nous dirigeons vers la rue qui me semble la plus probable, par rapport à la direction où allait l'homme avant que nous le perdions de vue. Coup de bol. Il se tient juste là, une vingtaine de mètres devant nous, devant un kebab, en train de parler au gars derrière le comptoir. Nous freinons net. Je fais mine de chercher un truc dans le sac à dos de Flavie pour que nous nous fondions dans le décor des touristes. Flavie lui tourne le dos et mon visage est voilé par le rideau de cheveux qui me tombe sur les yeux. Avec un peu de chance, il ne nous remarquera pas. Mon amie ose un coup d'œil par-dessus son épaule.

– C'est bon, il vient de payer. Vite, il s'en va !

Je prends le temps d'extirper un vieux bâton de gloss des entrailles du sac. Si c'est bien lui, autant l'affronter en beauté (au sens propre). J'applique une généreuse couche de gloss sur mes lèvres avant de signifier à ma partenaire de filature que je suis prête à reprendre du service. L'écart entre Greg et nous s'est creusé, mais il est encore temps de le rattraper. Flavie sur mes talons, j'avale la distance qui nous sépare à grandes enjambées, le cœur battant à cent kilomètres à l'heure, soit mille fois plus vite que mes jambes me permettent d'avancer. Il entre dans un édifice coiffé d'un écriteau en plusieurs langues. Une auberge de jeunesse. Rien ne nous interdit d'y entrer, pourquoi s'en priver ? Je pousse la porte, Flavie derrière moi, tout aussi fébrile. Nous nous retrouvons dans un petit vestibule faiblement éclairé et tout vide, si ce n'est une porte sur la droite et un comptoir d'accueil au fond, derrière lequel nous voyons une jeune réceptionniste. Une voix nous accueille au moment où la porte se referme derrière nous. Nos yeux, habitués à la lumière crue du dehors, ont du mal à s'habituer à l'obscurité de la pièce.

– Salut, vous deux.

Pas besoin de voir pour reconnaître cette voix. Je la reconnaîtrais entre mille. Je l'entends depuis l'enfance. Je l'ai écoutée rire, crier, chanter, puis muer avant de devenir grave et virile. J'arriverais à l'identifier avec des boules Quies enfoncés dans les oreilles. Mon épiderme réagit irrésistiblement à son timbre suave. Grégoire nous attend, appuyé contre le mur du fond, les mains dans les poches et un sourire en coin. La panoplie du parfait charmeur. Ce mec a vraiment le chic pour nous faire perdre la tête. Stupéfiées, Flavie et moi répondons à l'unisson :

– Salut, Greg.

La honte ! Même voix, même ton. Notre crédibilité en prend pour son grade. Non seulement j'ai l'impression d'être une enfant de chœur, mais je suis furieuse qu'il nous ait prises à notre propre piège.

– Si je m'attendais à vous voir… Quelle surprise !

Je reconnais immédiatement son beau visage,

malgré ses cicatrices. Une lueur étrange fait briller sa pupille. J'aimerais pouvoir interpréter cette étincelle comme la joie bien réelle de me retrouver, moi, son amie (amour ?) d'enfance, mais l'expression indéchiffrable de son visage m'empêche d'en avoir le cœur net.

– On ne s'y attendait pas du tout non plus. Quel hasard !

À voir la façon dont Flavie ment, il est clair que je ne l'inclurai pas dans mes plans de carrière cinématographique en Italie.

– Pas la peine de me mener en bateau. Vous m'avez suivi jusqu'ici, je vous ai vues.

– Hein ? Qu'est-ce que tu racontes, pas du tout.

Si des doutes subsistaient quant aux talents d'actrice de Flavie, ils viennent d'être pulvérisés. Sa voix de fausset ne tromperait personne, pas même le dernier des abrutis. Vaudrait sans doute mieux dire la vérité. Je me lance :

– Ok, tu as raison, nous t'avons suivi et nous sommes tombées dans ton piège comme deux idiotes. Et puis ? On ne va pas en faire tout un plat.

– Mais non ! Au contraire. Ça me fait super plaisir de vous voir, toutes les deux. D'ailleurs, je peux savoir quel bon vent vous amène à Aix ?

Il me regarde fixement, un demi-sourire plaqué aux lèvres. Je réalise que je ne me suis toujours pas évanouie, ce qui est un constat relativement rassurant, mais certainement pas une victoire en soi. Je pourrais tourner de l'œil à tout moment. J'ai eu beau me préparer à cette rencontre, je ne suis manifestement pas encore tout à fait prête à bien supporter une conversation avec lui. Je cherche à gagner du temps.

– On pourrait en discuter ailleurs que dans le hall pourri d'un hôtel bas de gamme ?

La réceptionniste me lance un regard noir, que je fais semblant d'ignorer. Qu'elle le veuille ou non, elle est la preuve vivante que l'endroit est mal choisi pour ce genre de discussion.

– Bien sûr. Que diriez-vous d'aller chez moi ? J'ai une petite terrasse privée, pas de risque qu'on se fasse embêter.

Cette fois, la rouquine de la réception lâche un râle dégoûté que je traduirais librement par : « Non, mais faut le dire si ma présence vous gêne, hein ! » Puisqu'elle n'a pas jugé pertinent de formuler sa plainte à voix haute, je suppose qu'elle devinait à l'avance ce qu'on lui aurait répondu : « Eh bien, puisque tu en parles… OUAIS, TU NOUS GÊNES !!! » Je sens Flavie se braquer durant une longue seconde d'hésitation avant de céder en ces termes :

– Ok. C'est tiguidou !

Caribou et ses expressions dignes d'une émission pour enfants… On croirait entendre un croisement entre Ned Flanders et Dora l'exploratrice. C'est une chance malgré tout que Caribou soit avec nous, car je ne répondrais plus de moi si je me trouvais seule avec Grégoire. Sa présence me rend dingue ! J'aurais une folle envie de passer la main dans ses cheveux, d'échanger avec lui un baiser langoureux. Loin de me rebuter, ses cicatrices au visage me fascinent. Elles donnent du caractère à sa plastique jadis sans défaut, à sa beauté trop lisse, à ses traits trop réguliers, trop parfaits. Greg a visiblement eu recours à une chirurgie de reconstruction faciale, les dommages étant bien plus apparents la dernière fois que je l'avais aperçu, au lendemain de l'incident. Mais, on dira ce que l'on voudra, il a de la gueule, défiguré ou pas.

Notre trio insolite marche à présent dans la direction opposée à celle que nous avons empruntée pour rejoindre la place des Cardeurs. Nous nous éloignons sensiblement de l'endroit où notre chauffeur attitré nous a déposées, mais je m'en contrefiche. Le père de Flavie ne nous a toujours pas donné signe de vie, je présume que sa visite culturelle s'est éternisée, et c'est tant mieux.

Greg finit par s'immobiliser devant un immeuble de lune au charme suranné. L'édifice devait avoir fière allure à une certaine époque, mais le temps a eu raison de sa façade, maintenant toute lézardée. Je ne peux m'empêcher de penser qu'elle est à l'image de celui qui y réside : un monument profané par les intempéries. Nous sommes accueillis à l'étage par sa mère, dont le visage s'illumine en me voyant. Elle me fait une accolade, visiblement ravie que son fils ait un peu de compagnie. Le nouveau Greg n'a manifestement plus l'habitude de ramener de la visite chez lui. Nous nous installons sur la terrasse avec un pichet de thé glacé. Greg attend que sa mère file au salon avant de reprendre le fil de notre discussion laissée en suspens.

– Alors ? Maintenant qu'on est à l'abri des oreilles indiscrètes, je peux savoir ce qui vous amène ici ?

Flavie prend les devants :

– J'accompagne mon père, il est venu pour ses affaires. J'ai convaincu Clémentine de venir me rejoindre.

– Chouette ! Et vous repartez bientôt ?

– Pourquoi ? je demande. Ça t'embête qu'on soit dans les parages ?

– Pas du tout. Au contraire ! Ce serait sympa qu'on s'offre une petite virée, tous les trois.

– Ça risque d'être difficile. Je retourne à Montréal dans deux jours, Clémentine rentre à Lyon, et notre horaire… Heuh notre planning… est super chargé d'ici là.

Non, mais… elle délire ou quoi ? C'est précisément pour voir Greg que nous avons fait toutes ces démarches. Serait-ce ce qu'on appelle la psychologie inversée ? Dire une chose pour faire comprendre son contraire ? Elle se la joue inaccessible et désintéressée, et ça semble fonctionner, puisque Greg insiste :

– Allez ! Vous devez bien avoir un petit moment à m'accorder…

Ça ne lui ressemble pas de quémander ainsi. Il doit se sentir vachement seul pour se rabaisser à solliciter notre présence. Devrions-nous nous en inquiéter ?

– Je partage mes journées entre la maison et le petit bistro où je travaille comme plongeur, place des Cardeurs. Personne ne veut m'engager pour travailler avec le public. Paraît que ma tronche fout la trouille aux enfants et que je fais fuir les touristes. Depuis que j'habite sur Aix, ma vie sociale est pour le moins tranquille. Pour ne pas dire… inexistante.

Hou là. C'est encore pire que je le croyais.

– Et Mehdi ? Baptiste ? Et les autres ?

– Oh, vous savez, c'est dans les moments sombres qu'on réalise qui sont nos vrais potes. Je n'ai pas été de très bonne compagnie ces derniers mois. Après mon… ma… mésaventure de l'été dernier, j'ai été incapable de sortir de chez moi durant des semaines. J'avais la trouille d'affronter le regard des gens, d'y lire la pitié que mon physique ingrat leur inspire. Par-dessus tout, je craignais de croiser mon propre reflet dans la glace ou la vitrine des commerces. J'ai voulu disparaître et j'y suis parvenu. Tout le monde m'a oublié.

– C'est faux. Moi, je ne t'ai pas oublié.

Il aurait mieux valu garder cette info pour moi. J'ai vendu la mèche comme une andouille et, pourtant, mon aveu lui tire un sourire.

– Moi non plus, admet-il.

Greg me fixe avec une telle intensité, je me noie dans ses iris noisette. J'aurais envie de lui dire que je tiens à lui comme à la prunelle de mes yeux, mais la pudeur me retient. La présence de Flavie aussi (surtout). Celle-ci ne se gêne d'ailleurs pas pour s'immiscer entre nous et rompre le charme, façon mélodrame.

– C'est de notre faute. C'est à cause de nous, tout ce qui t'arrive, avance-t-elle avec emphase sans se soucier de mes signes désespérés pour la faire taire.

Pitié, faites qu'elle ne parle pas de magie, d'incantations et de sortilèges ! Je suis sur le point de renouer avec mon amour de toujours ; le moment est mal choisi pour ruiner tous mes efforts de réconciliation.

– Ah oui ? Et en quoi êtes-vous responsables de mon malheur ?

– L'éclair qui t'a défiguré, c'est nous qui l'avions invoqué.

Greg se tourne à nouveau vers moi.

– Elle se fout de ma gueule, n'est-ce pas ? Elle n'est pas en train de parler de mauvais sort ou je sais pas quoi ?

– J'ai bien peur que si…

Le beau balafré est incrédule, à juste titre. Je ne sais pas ce qui le retient de se bidonner, en fait. Il doit vraiment nous prendre pour deux illuminées. Contre toute attente, il semble considérer cette hypothèse comme une possibilité. Une possibilité peu probable, mais somme toute envisageable. Se pourrait-il que j'aie sous-estimé sa largeur d'esprit ? Greg serait-il plus réceptif aux phénomènes surnaturels que je ne l'avais imaginé ? Force est de reconnaître que l'événement tragique de l'été dernier semble l'avoir métamorphosé. Notre responsabilité, réelle ou non, ne change rien à son indéniable transformation. Ses cicatrices l'ont rendu plus vulnérable. En tombant de son piédestal de demi-dieu, il a gagné en humilité. En humanité. Aussi étrange et incroyable que cela puisse paraître, la laideur de ses blessures lui a permis de guérir de son orgueil. Et par le fait même, de devenir encore plus séduisant. Subjectivement parlant, bien sûr.

Même en souhaitant faire le mal, nous avons accompli quelque chose de bien ensemble. Mon amie est bien trop pure pour servir la magie noire. S'il est vrai qu'elle a des pouvoirs, ceux-ci appartiennent résolument à l'univers de la magie blanche.

Le reste de l'après-midi file à une vitesse ahurissante. Je constate avec soulagement que la chimie entre nous trois est intacte. Aucun temps mort, c'est comme si nous ne nous étions jamais quittés. Nous passons du coq à l'âne, puis de l'âne au bœuf avant de revenir à l'âne. La boucle est bouclée. Flavie finit par recevoir un SMS inquiet et impatient de son père. Il nous attend à la Rotonde. Je vide mon thé glacé d'un seul trait pour me donner du courage. Je n'ai pas envie d'abandonner notre îlot de paix retrouvée pour regagner la rive à la nage. C'est une image, bien sûr, mais c'est ainsi que je me sens : ballottée entre deux eaux comme une naufragée sans bouée. Cette petite terrasse ensoleillée va bien me manquer, mais certainement pas autant que le pirate qui y a établi ses quartiers. Après avoir échangé nos adresses mail, je m'abandonne à sa longue étreinte, d'une tendresse infinie. Greg sent incroyablement bon, un parfum frais de lessive et de lavande.

Je ne savais pas à quoi m'attendre, je ne savais même pas si je le reverrais un jour. J'avais espéré qu'il ne me ferait pas trop d'effet, il m'avait déjà trop fait souffrir. C'est raté. Il est comme dans mes souvenirs, mais en bien mieux. Grandi, plus confiant, mais dépouillé de son arrogance passée. J'ai devant moi un Greg version améliorée. À croire que le drame n'a aucune emprise négative sur lui. Au contraire, en lui a germé ce que je percevais en lui, ce pourquoi je l'aimais. Sa sensibilité, son empathie avec moi. Son regard lumineux. Bref, j'ai en quelque sorte retrouvé le petit garçon qui avait cueilli des fleurs pour moi, il y a une éternité. Je suis à nouveau prise dans ses doux filets et cela me fait un peu peur. Et si cette rencontre était une mauvaise idée, trop prématurée pour que ma confiance n'en soit pas ébranlée ? J'aurais dû m'y attendre. J'aurais dû écouter la petite voix dans ma tête.

Caribou et moi nous résignons à partir, le vague à l'âme. Pour la première fois depuis un an, nous nous sentons libérées, libres du poids que le passé nous faisait porter. Qu'importe si le flou demeure quant à notre responsabilité dans cette affaire. Qu'est-ce que ça change, au fond, que notre sortilège ait provoqué ou non la foudre qui a frappé Grégoire ? Comme dirait la mère de Forrest Gump : « La vie, c'est comme une boîte de chocolats : on ne sait jamais sur quoi on va tomber. » *Shit happens*. À quoi bon démêler les phénomènes naturels de la croyance de l'homme en quelque chose qui le dépasse ? Chacun est libre de tirer ses propres conclusions, selon ses propres convictions. C'est la vie elle-même qui est fantastique, un point c'est tout. Et, pour reprendre les mots de Truffaut, elle a beaucoup plus d'imagination que nous !

20
Flavie

Poissons – votre horoscope du 13 juillet :
Les prises de consciences seront fulgurantes. Votre manière de voir les choses ou de vivre certains événements est sur le point de changer complètement. Enfin, vous vous sentez mieux dans votre peau.

Aix-en-Provence, France

Mon père nous attend de pied ferme devant la Rotonde. J'étais sûre qu'il allait nous tomber dessus pour nous faire sentir *cheap* de l'avoir fait poireauter, mais non. Il préfère m'assommer directement avec une annonce des plus inattendues.

– J'ai eu des nouvelles de ta mère.

– Ah tiens, si je m'attendais à ça ! Son gourou lui a donné la permission de se connecter à autre chose qu'à ses émotions ?

– Elle a quitté son ashram. Elle est de retour à la maison.

– Eh ben ! Elle a dû faire un moyen saut en la découvrant vide…

Papa sonde mon visage. Il n'y trouvera aucune sympathie, mais il peut toujours essayer, si ça lui dit.

– Ta mère a très hâte de te revoir. Elle dit qu'elle s'ennuie beaucoup de nous.

– Elle n'avait qu'à partir moins longtemps. On devrait la plaindre, maintenant ?

– Ce n'est pas ce que j'ai dit. Je te trouve bien agressive pour une fille en vacances.

– Oh. C'est moi, la méchante ?!

Le silence de Jean-Benoît est éloquent. Je sens la moutarde me monter au nez.

– Mais bien sûr, c'est moi l'ingrate ! Certainement pas la femme qui abandonne sa fille et son mari pour aller réciter des prières qu'elle ne comprend même pas !

– Flavie, tu mélanges tout. Si ta mère est partie, c'est pour mieux revenir. Pour devenir une meilleure personne, plus ouverte, plus aimante. Et surtout, pour devenir une meilleure mère.

– Si tu le dis.

J'aimerais pouvoir lui laisser le bénéfice du doute mais je n'arrive pas à le croire, comme si c'était au-dessus de mes forces. Mon père en rajoute :

– Non seulement je le dis, mais je le sais.

– Moi aussi, j'ai hâte de la revoir.

C'est sincère, sauf que je regrette déjà un peu d'avoir laissé échapper ce cri du cœur. Le connaissant, il pourrait être tenté de s'en servir contre moi si je ne coopère pas comme il le voudrait lorsqu'on retrouvera maman. Jean-Benoît remonte ses lunettes ovales sur son nez.

– Je suis heureux de te l'entendre dire.

Je ravale ma salive à défaut de pouvoir ravaler mes larmes. J'aimerais en vouloir à ma mère, mais j'en suis incapable. Tout ce que j'arrive à ressentir, c'est une grosse bouffée d'amour, à la fois indestructible et très fragile. C'est plus fort que moi, je m'élance vers lui et me blottis dans ses bras. Mes petites mains psychiques enserrent sa taille plus-si-fine de romancier quadragénaire. Mon étreinte lui coupe un peu le souffle.

– Ta mère et moi, on t'aime très fort. Tu le sais, ça, non ?

Ma tête acquiesce contre son torse douillet. Je réalise qu'il a toujours été là pour moi, qu'il ne m'a jamais laissée tomber. Ça me fait penser à l'arcane treize, la carte du Soleil qui, selon madame Rose, représente la réussite et la figure paternelle.

Nouvelle vie. Père cosmique. Réussite. Évolution. Bonheur. Lumière. Solidarité. Faire la paix avec le passé pour aller de l'avant, reconstruire le présent. Les cartes de madame Rose me renvoyaient irrésistiblement à Grégoire, mais je commence à croire qu'elles concernaient également maman. Mon père refuse que je coupe les ponts avec elle. Il n'a jamais exprimé de jugement négatif devant moi, peu importe les décisions qu'elle prenait. Il la défendra toujours contre vents et marées. J'espère moi aussi trouver un jour quelqu'un qui m'aimera ainsi, telle que je suis.

Une autre surprise nous attend à notre arrivée à l'hôtel. Un message de Grégoire dans nos boîtes de courriel respectives. Voici le contenu du mien :

De : Grégoire Gréco (greg.yolo@hotmail.fr)
Envoyé : 12 juillet 18:32:39
À : Flavie Dupré (hop.flavie@hotmail.com)
Objet : Heureux de t'avoir revue

Chère Flavie,
Je ne sais pas trop comment commencer ce mail, je ne sais pas comment m'y prendre pour te présenter mes excuses pour ce qui s'est passé l'été dernier. Je n'ai pas l'habitude de demander pardon, je n'en suis pas fier, mais t'avoir revue m'a fait réaliser que je ne pouvais pas continuer à me regarder en face si je ne le faisais pas. Tu ne méritais pas d'être traitée comme ça. Depuis ma naissance, on me répète sans cesse combien je suis intelligent, beau et fort. Combien l'avenir m'appartient.

Me faisant penser que tout m'est dû. Je ne blâme pas mes parents, au contraire. Ça n'aurait peut-être pas été un problème si j'avais été plus fort, si je n'avais pas trouvé mon compte à agir comme un enfant unique, gâté, pourri.

Je relis ce que j'ai écrit, et j'ai un peu honte de moi. J'ai l'impression de chercher des excuses. J'ai agi comme un salopard avec toi. Pardonne-moi de t'avoir t'embrassée contre ton gré. Pardon d'avoir été si égoïste. J'avais tort.

Je n'ai pas retrouvé la boucle d'oreille de ta grand-mère, mais toi, tu m'as aidé à me retrouver et pour cela, je te serai éternellement reconnaissant.

C'était un réel plaisir de vous voir aujourd'hui, Clémentine et toi. Sache que tu es toujours la bienvenue chez moi. N'hésite pas à me faire signe lors de ton prochain séjour en France. Je tâcherai de me comporter comme un vrai pote, cette fois !

Bon retour au Canada, pardon, au Québec !

Amicalement,

Grégoire

21
Clémentine

« Pourtant, pourtant tout doucement
sans qu'entre nous rien ne soit dit petit à p'tit
Nos sentiments nous ont liés
bien malgré nous sans y penser à tout jamais
Des sentiments plus forts et plus violents
que tous les sentiments connus et inconnus
Des sentiments si fous et si violents, des sentiments
auxquels avant nous n'aurions jamais cru. »

– Anna Karina, alias Marianne,
à Jean-Paul Belmondo, alias Ferdinand,
dans *Pierrot le fou* (1965)

Avignon, France

Couchée à plat ventre sur le lit de notre chambre, je relis le mail de Grégoire pour la millième fois.

De : Grégoire Gréco (greg.yolo@hotmail.fr)
Envoyé : 12 juillet 18:45:33
À : Clémentine Joubert (clem_kisskiss@gmail.com)
Objet : Enfin !

Ma chère Clémentine,
Depuis qu'on s'est vus, aujourd'hui, je me dis que j'ai été profondément con d'avoir ignoré les signes durant tout ce temps. J'ai l'horrible impression d'avoir joué avec tes sentiments, et ça me ronge de l'intérieur. Au fond de moi, je savais bien que tu ressentais quelque chose pour moi. Je ne sais pas pourquoi je préférais croire, naïvement, que ce n'était que de l'amitié. Je regrette de t'avoir fait marcher, de t'avoir fait sentir que tu n'étais pas assez bien pour moi… N'importe quoi. La personne que j'étais à l'époque me semble tellement étrangère à présent !
Tout ce que je sais maintenant, mais ne crois pas que je me cherche des excuses, c'est que j'ai longtemps pris pour acquis le pouvoir d'attraction que j'exerçais sur les filles. Mais mon accident m'a appris qu'il n'y a jamais rien d'acquis dans la vie. Mon apparence devenue monstrueuse pour certains m'a montré à quel point j'étais froid à l'intérieur, et qu'il n'en tenait qu'à moi de devenir une personne meilleure.
Je t'ai trouvée resplendissante, Clem. Et je continue de m'en vouloir à mort de t'avoir blessée. Tu vaux bien plus que ce que je pourrais t'offrir, mais j'ose néanmoins

espérer que je suis encore digne de ton amitié. Notre complicité me manque. Je doute fort que les choses puissent revenir comme avant. Je garde malgré tout espoir qu'ensemble, nous pourrons renouer avec nos souvenirs d'enfance. Clémentine, je t'ai repoussée le temps de me reconstruire, de me retrouver. Il faut que tu me pardonnes, je ne cherchais pas à te faire souffrir. Je comprendrais si tu me disais que j'ai perdu toutes mes chances avec toi. Mais si tu acceptes de me pardonner, je sens que j'aurai un peu moins de mal à affronter mon regard dans le miroir. Que ce soit bien clair entre nous, je ne cherche pas à t'apitoyer pour te convaincre de reconsidérer notre amitié. C'est ma façon de te demander une seconde chance. Si tu me l'accordes, je tâcherai d'en prendre soin.

Je t'embrasse,

Greg

*
*   *

Je suis étendue dans l'herbe fraîche, à l'endroit précis où je me trouvais avec Flavie la nuit où elle m'avait invitée à regarder les étoiles. Mais, cette fois, c'est Greg qui m'accompagne.

– Je suis super heureux de te retrouver, tu sais ?

– Ouais, moi aussi je suis contente qu'on soit redevenus potes.

Il y a un moment de flottement. Un instant hors

du temps, chargé de non-dits. Ce n'est pas le malaise qui s'installe, mais la complicité qui reprend ses droits. La complicité, mais avec un petit je-ne-sais-quoi de différent. Je parie que Greg le sent aussi.

– Clem, il faut que je te dise… Pour moi, tu es un peu plus qu'une amie.

J'hallucine, ou quoi ? Greg vient réellement de dire ce qu'il a dit ? Mon cœur veut y croire, mais j'ai peur de me faire des illusions. Encore.

Il fait un petit pas vers moi, puis un autre et encore un autre. L'écart entre nos deux corps diminue à vue d'œil jusqu'à être quasi microscopique. On ne pourrait même pas y glisser une feuille de papier. Je sens son haleine chaude et sucrée.

OHMYGOD-OHMYGOD-OHMYGOD-OHMYGOD-OHMYGOD !

Il veut m'embrasser, moi ? Je n'arrive pas à y croire.

– Mais toi ? En as-tu envie ? Je ne veux pas répéter mes erreurs passées. Surtout pas avec toi.

Je reste muette, incapable de remuer un cil, encore moins les lèvres. C'est un film, ça ne peut être que ça. Cette scène à laquelle j'ai tant rêvé, ce décor sous la voûte étoilée. Lui. Je suis soufflée par tant de beauté. Voyant que je ne réponds pas, Greg laisse tomber ses bras et amorce un mouvement de recul. Il interprète mon silence comme un rejet, mais il se trompe. Si je ne me décide pas très vite, la magie de l'instant risque de s'envoler.

– Reste.

Il stoppe son mouvement, le souffle pendu aux mots qui vont sortir de ma bouche.

– Ça doit faire dix ans que je t'attends ce moment. C'est bon, je crois que je suis prête.

Il me sourit avec tendresse.

– Tu es sûre ?

– J'en suis certaine. Jamais été aussi prête, en fait. Les cartes avaient raison.

– Les cartes ? Je suis largué. Tu peux m'expliquer ?

– Ce n'est pas important. Enfin, si, ça l'est. Mais on a des choses plus importantes à faire, tu ne penses pas ?

– Comme quoi ?

– Comme ça.

Je me hisse sur la pointe des pieds pour que ma bouche atteigne la sienne. Ses lèvres sont si invitantes, si rassurantes. Elles ont le goût de nos rires d'enfance, mais avec une saveur nouvelle. Les cicatrices qui strient sa tempe droite rehaussent l'harmonie de son beau visage. J'explore les nouveaux reliefs de sa peau avec mes doigts, comme un territoire à explorer. Il est beau comme un diable.

Tandis que nos bouches se cherchent et se découvrent, je me surprends à penser qu'il n'y a pas que la villa qui s'est consumée durant l'été. Il ne fait aucun doute qu'il est aussi dans mon ventre, le brasier. Je ne saurais trouver un autre mot pour décrire cette divine sensation qui me prend aux tripes. Mes pensées papillonnent un instant comme les flammèches du feu de Bengale qui me consume de l'intérieur. Je pense à ce que nous avons vécu, Flavie et moi, je pense à madame Rose, je pense que la magie existe, que je la ressens enfin en moi. À croire que Flavie m'a contaminée !

Notre baiser est d'abord timide. Puis mes lèvres se font plus pressantes. Ma nouvelle conscience spirituelle commence à faire son effet. Je me fonds dans le moment présent et c'est parfait. Comme dans un rêve, mais en mieux, parce que je suis éveillée et que je suis avec lui, l'Homme de ma vie. Sa main dans mes cheveux, sur mon visage. Les miennes dans les poches de son blouson. Les étoiles au-dessus de nous, témoins discrets de nos amours secrètes. Je crois même reconnaître Cassiopée qui nous observe, complice. Elle a beau être la reine d'Éthiopie, ce soir, c'est moi l'Impératrice.

J'ouvre les yeux. Greg a disparu. À sa place, l'obscurité de la chambre d'hôtel et Flavie qui dort à poings fermés dans son lit. Pitié, ne me dites pas que ce n'était qu'un simple rêve ! Je veux retourner dans les bras de Morphée et le retrouver. Dans quelques heures à peine, le réveil sonnera. Mon père passera me chercher pour me ramener à Lyon, où nous annoncerons à ma mère qu'il lui a menti pour la maison. Il devra bien lui en expliquer la raison. Se sachant trahie, choisira-t-elle de quitter le navire pour naviguer en solo ? C'est ce que nous verrons. Quant à Flavie et à Jean-Benoît, ils rentreront à Montréal auprès de Florence, la mère de Flavie, revenue de son périple spirituel en Inde. Nous retrouverons tous nos vies laissées en suspens, mais rien ne sera plus comme avant. Pour moi, du moins. Après tout, Grégoire me trouve resplendissante. C'est signe que tout n'est pas perdu.

22
Flavie

Poissons – votre horoscope du 14 juillet :
Il ne faut jamais sous-estimer le pouvoir des non-dits.
Ne faites pas de promesses que vous ne saurez tenir.
Vos bonnes intentions vous rattraperont,
où que vous alliez.

Avignon, France

J'ai toujours eu horreur des adieux. Comme tout le monde, je suppose. Il faut être sadique pour aimer ça. J'aurais envie de zapper ce moment-là, de fermer les yeux et de ne les rouvrir qu'une fois chez moi, bien au chaud dans mon lit. Histoire d'éviter à la fois le malaise et les larmes. Va-t-on se revoir ? Je l'ignore. On ne sait jamais ce que la vie nous réserve. La preuve : durant ces cinq jours (cinq petits jours, mais j'ai l'impression d'avoir vécu une vie entière), j'ai renoué avec mon amie, me suis fait une nouvelle confidente aussi âgée que mes deux parents réunis, et j'ai repris confiance en moi. Comme quoi, tout est possible avec la magie blanche. Malgré tout, je ne peux m'empêcher de demander :

– On va continuer à s'écrire, hein, Clémentine ? Pas comme la dernière fois…

– Mais oui, Caribou. Ne t'inquiète pas ! Je ne te ferai plus la gueule. Jamais, jamais.

– Ah ! Faut jamais dire « jamais ».

– Madame Rose, sortez de ce corps !

On éclate de rire à l'évocation de la vieille dame. Clémentine et elle vont rudement me manquer. Heureusement qu'il y a la technologie pour nous permettre de garder contact.

– On se facetime dès ton arrivée à Montréal ?

– Compte sur moi. Tu ne te débarrasseras pas de moi aussi facilement !

– Zuuuuuuut !

Jean-Benoît se charge de nous rappeler à l'ordre, on doit vraiment filer.

– On s'écrit !

– Oui, c'est promis !

Parions qu'il y aura une foule d'autres retrouvailles. Je compte sur mon père pour continuer à avoir du succès en France et nous donner tout plein d'occasions d'y retourner. Le pays d'Albert Camus et d'Henri Bosco a besoin de romanciers comme lui pour faire le pont entre la culture québécoise et celle de nos cousins européens. Un dernier câlin pour la route, et c'est parti, mon kiki ! À bord du taxi qui nous conduira à la gare, je regarde Clémentine qui s'éloigne jusqu'à devenir un point minuscule au loin. Curieusement, elle ne m'a jamais paru aussi grande.

Épilogue
Clémentine

Le cours Mirabeau a des airs de fête sous ses décorations lumineuses. L'ambiance est féérique, majestueuse. Une cinquantaine de mini-chalets en bois alignés le long de cette grande rue bordée d'arbres font désormais partie de mon décor quotidien. J'y passe tous les matins et tous les soirs pour aller au lycée et en revenir. Depuis quelques jours, c'est le Marché de Noël. Des commerçants locaux se sont réunis pour vendre du rêve à ciel ouvert. J'adore regarder les gens déambuler en famille, s'arrêter pour siroter un vin chaud, acheter un cadeau à un être cher. Il y avait longtemps que je n'avais pas autant apprécié cette ambiance des Fêtes, et le marché d'Aix n'y est certainement pas étranger.

Je rentre chez moi les joues rosies par le froid et le sourire béat. Je suis particulièrement fière de mes emplettes. J'ai trouvé une superbe écharpe artisanale pour maman, des chocolats sans sucre pour les jumeaux (évitons qu'ils sautent au plafond à cause d'une surdose de glucose), un magnifique miroir en mosaïque pour Grégoire et une paire de boucles d'oreilles pour Flavie. Je les ai fait faire sur mesure par une amie joaillière. Elles sont la réplique exacte de celles offertes par sa mamie. Il me tarde qu'elle les reçoive. Parlant du Caribou, fini le temps où j'étais surprise de trouver un message d'elle dans ma boîte mail. Nos échanges télépathiques sont de plus en plus raffinés : la preuve, quand l'une pense à l'autre, les nouvelles surgissent sans délai.

Je salue ma mère, mon frère et ma sœur, puis vais m'isoler dans ma chambre pour cacher les cadeaux que je leur ai achetés et lire le message de mon amie d'outre-atlantique en toute tranquillité.

De : Flavie Dupré (hop.flavie@hotmail.com)
Envoyé : 21 décembre 13:42:25
À : Clémentine Joubert (clem_kisskiss@gmail.com)
Objet : Vive le vent, vive le vent d'hiver !

Ma chère Clémentine,
J'espère que tu vas bien. Ici, c'est officiellement l'hiver ! Je profite d'ailleurs du fait qu'on soit le 21 décembre – solstice d'hiver et journée la plus courte de l'année – pour te dire combien la Provence me manque. Je m'ennuie du soleil et du mistral fou, des chants des cigales

et des champs de lavande, des rangées de platanes le long des routes et des odeurs enivrantes des marchés. Mais, surtout, je m'ennuie de toi, mon amie !!!

Je compte les jours d'ici l'été prochain. Mes parents m'assurent qu'ils feront tout pour nous offrir de nouvelles vacances à Lourmarin. Mais bon, je le croirai quand je le verrai !

Comment se passe ta nouvelle vie de bourgeoise à Aix ? Aux dernières nouvelles, tu semblais dire que ta mère se portait mieux depuis la séparation… Les jumeaux, eux, doivent faire la loi dans leur nouveau quartier. As-tu revu Rhubarbe et madame Rose ?

De mon côté, c'est la petite routine, mais avec un petit plus… Tu te souviens, je t'ai dit que j'avais intégré l'équipe du journal de la polyvalente en début d'année ? (Je suis sûre que tu es en train de ricaner, ben oui, c'est comme ça qu'on appelle le lycée chez moi !) Eh bien, disons que le nouveau rédacteur en chef m'est un peu tombé dans l'oeil ! C'est un Français d'origine bretonne dont la famille vient tout juste de s'établir à Montréal. Je lui ai tellement parlé de toi, il est impatient de rencontrer celle qui m'a fait succomber au charme de son pays natal. Il est tout l'opposé de Grégoire, si tu veux savoir ! Blond, timide et myope… un intellectuel pur et dur ! Sans offense, mais c'est moi qui sors avec le plus craquant de tes compatriotes. ; –)

Aussi, j'ai l'immense plaisir de t'annoncer que j'ai retrouvé mon apparence normale. Finis, l'eczéma et la peau qui gratte ! Grâce aux conseils d'une légende de la dermatologie et à sa « potion magique », j'ai fait peau neuve. Mais je te rassure : ça n'a rien de bien ésotérique, c'est même plutôt scientifique. Je me suis mise à mes chaudrons pour me concocter son onguent maison. Le résultat a été fulgurant !

Contrairement à ce que tu pourrais croire, je n'ai toujours pas retouché à la magie, ce qui ne m'empêche pas de m'amuser avec le jeu de tarot offert par madame Rose. Ma dernière séance m'a laissée perplexe… Elle m'annonçait une visite ou une découverte inattendue. Je me demande ce que ça peut bien vouloir dire. J'attends encore cette surprise avec impatience.

D'ici là, je me concentre sur l'école et sur le journal, sur ma relation avec Benjamin (J'ADORE le prénom de mon amoureux) et sur l'écriture de mon premier roman. Je te laisse deviner quel en sera le sujet. Mon père a lu le début. Il dit que j'ai énormément de talent, mais je ne me fais pas trop d'illusions. On ne devient pas romancière à 15 ans… Quoique le célèbre poète montréalais Émile Nelligan a bien publié son premier poème *Rêve fantastique* à l'âge de 17 ans. Alors, sait-on jamais ! Parlant de roman, on dirait bien que je viens de t'en écrire un !

Allez, je file retrouver Benjamin.

J'attends de tes nouvelles. : –)

Bisous,

Caribou xxx

Une joie indicible m'envahit à la lecture de ces nouvelles exceptionnelles. Je sens mon amie heureuse, épanouie. Ça me fait chaud au cœur. Le temps presse, je dois moi aussi filer retrouver celui qui fait battre mon petit cœur, mais je prends tout de même la peine de lui répondre en vitesse.

De : Clémentine Joubert (clem_kisskiss@gmail.com)
Envoyé : 21 décembre 14:22:41
À : Flavie Dupré (hop.flavie@hotmail.com)
Objet : RE : Vive le vent, vive le vent d'hiver !

Coucou Caribou,
Je suis rassurée de savoir que tu survis à l'hiver canadien… pardon, québécois ! De mon côté, je dois dire que j'ai la chance d'avoir mon preux chevalier pour me réchauffer. Ouais, t'as bien lu : j'ai écrit « chevalier ». Entre Greg et moi, c'est le parfait bonheur. L'amour fou ! J'adore vivre à Aix… surtout parce que je m'y promène en bonne compagnie. : –) Je te vois venir : ce que l'amour te rend ringarde ! Blablabla. (Ringarde, c'est « quétaine » en québécois, c'est ça ? Je révise pour la prochaine fois qu'on se verra !) Qu'importe ! J'assume ma ringardise (ouais, je t'assure, on utilise vraiment ce mot ici).
Pour la surprise, j'ai peut-être ma petite idée sur la question, mais je ne t'en dis pas plus pour l'instant. Disons simplement que nous pourrions nous revoir bien plus vite que nous le pensons…

Je te fais la bise virtuelle en attendant nos retrouvailles !
Clémentine xxx
P.-S. : Comme vous dites au Québec : attache ta tuque avec de la broche… J'ARRIIIIIIVE !

Remerciements

Je tiens tout d'abord à remercier Elsa Lafon de m'avoir accordé sa confiance et donné pleine liberté pour créer (à condition que mon roman ne parle pas de planches !). C'est un honneur de travailler avec cette femme de cœur que j'admire profondément. Merci à Amélie Pont pour sa sensibilité, son écoute et sa grande disponibilité. À Michel Lafon, Guillaume Talavera, Christine Peninou, Linda Saulnier ainsi qu'à toute l'équipe française et québécoise de cette nouvelle maison où je me sens comme chez moi.

À ma fée marraine, Nini Bélanger, de m'avoir permis d'apprivoiser ma main psychique et à mes petites sorcières bien-aimées : Edith, Myriam, Nancy, Joëlle, Sarah-Jeanne. Un merci tout particulier à Caro, ma grande sœur spirituelle, de m'avoir fait renouer avec ma *witch* intérieure.

Merci à Mario et à ma très chère « mamanager », qui m'envoyait des textos – « Allez, ma petite écrivaine ! À fond sur Lafon ! » – pour me motiver, en fin de marathon.

À Nicolas pour le kit de tarot, un cadeau inestimable pour moi, mais ô combien inutile pour toi. Comme quoi, ce qui fait le bonheur des uns ne fait pas forcément le bonheur des autres !

Merci à mes deux Julie préférées : celle en chair et en os (avec qui j'ai concocté mes premières « potions ») et celle en poussières d'étoile (grâce à qui j'ai pris conscience de la fragilité de la vie).

Merci à Manu et à Karo, ainsi qu'à Stéphane, alias Taquin, et à sa douce Véro pour les judicieux conseils.

Merci à Laurent Drissen, professeur titulaire du département de physique, de génie physique et d'optique à l'Université Laval, de m'avoir mise sur la piste de l'étoile Véga. À Jerray le philosophe pour la découverte de cette magnifique chanson tirée de Pierrot le Fou et les conversations très éclairantes qui m'ont aidée à nuancer l'évolution de Grégoire.

Et bien sûr, merci à mes lectrices et lecteurs sans qui j'aurais bien moins de plaisir à écrire.

L'auteur

Chloé Varin est née au Québec, où elle réside encore, mais elle a aussi vécu en France, en Espagne et en Italie. Sa fascination pour la sorcellerie ne date pas d'hier. Déjà enfant, elle s'amusait avec sa meilleure amie à concocter des potions et à guetter l'effet qu'elles avaient sur elles et sur leur entourage. Sa famille et ses amis ont donc servi de cobayes, à leur insu, mais qu'on ne se leurre pas ! Chloé est une bonne sorcière. Pas étonnant, donc, que ses collègues du milieu littéraire la surnomment Fée Clochette ; elle papillonne aisément d'un salon du livre à l'autre, tant à titre d'auteure que de chroniqueuse littéraire pour la jeunesse. Sa série « Planches d'enfer » l'a fait connaître des adolescents et la collection CASTING a confirmé son amour pour le jeune public. *Les ensorceleuses* est son septième roman.

Composition et mise en pages
Nord Compo à Villeneuve-d'Ascq

Imprimé en Espagne
ISBN : 979-10-224-0254-5
Dépôt légal : mai 2018
POC 0196